「好～請看這邊～」

「對了～
既然機會難得，
兩位就用手比個愛心吧～？」

Kadokawa Fantastic Novels
聯誼
去湊人數的我，
把不知為何沒人追的
前人氣
偶像
國寶級美少女
帶回家了。
1
星野星野
插畫 たん旦

# ✦ 目錄 ✦

# 序章

高中一年級的冬天——

隸屬於沒能踢進「全國高等學校足球錦標賽（註：日本高中足球的最高殿堂，俗稱冬季大會、全國錦標賽）」的名門——星神學園高中足球社的我，與同屬足球社的成員們，只能在宿舍的某房間內放置暖桌，大家一邊吃著各自湊來的零食與橘子，一邊在電視機前收看大賽轉播。

『讓我們呼喚她吧！本屆大賽的官方經理！人氣偶像團體Genesistars的不動C位！綺羅星絢音小姐！』

綺羅星絢音？儘管是個常在電視上聽到的名字，不過我對偶像並不了解，所以不是很熟悉這個人。

當賽會主播呼喚的偶像——「綺羅星絢音」出現在攝影棚的瞬間，原本只有足球球評的攝影棚那邋遢的氛圍驟變。

『我是全國高等學校足球錦標賽的官方經理，綺羅星絢音！就讓我將這些與我同為高中生的選手們為足球奮鬥的身姿，努力傳達給電視機前的觀眾吧！』

她的嗓音宛如天上灑下的燦爛陽光般明亮，同時也出奇高亢。齊肩的栗色短髮與率真的眼眸，使她爽朗的形象更加鮮明。

『綺羅星小姐穿上這身制服相當好看耶！』

『謝謝您的誇獎！』

身為全國高等學校足球錦標賽官方經理的她，穿著一套很符合女高中生形象的衣著——格紋短裙搭配一件深藍色的西裝外套。那身打扮在就讀男校的我們眼中，猶如別的次元的生物般。跟我一起觀看電視的男生們紛紛用手指吹起口哨，不勝歡喜。

「唔哦——！綺羅星絢音好可愛啊！她現在高中二年級吧？」

「不愧是數百年一遇的美少女，上大學以後我們也要跟那種女生交往，對吧？楨島？」

「對、對啊。」

數百年一遇的美女……嗎？

會唱歌又會跳舞，總是被身邊的人吹捧讚揚……她跟我一樣還是高中生而已，真是厲害。

這時候的我，認為綺羅星絢音是別的世界的居民，將她當成一個極為遙遠的存在。

不過「要是能跟那麼可愛的女生交往，會是多麼幸福的人生啊～」——諸如此類高中男生常有的妄想，還是要適可而止比較好。

此刻的我還不得而知——三年後，我會在那種地方與她相遇。

# 第一章　在聯誼中沒人想追的那個人，是前超人氣偶像。

——私立高東大學。

這所學校在私立大學之中擁有堪稱門檻最高的偏差值（註：日本用於評斷學生升學時的考試分數排位，與「PR值」功用相似，但算法不同。偏差值越高，表示學生的分數排序越容易考進前段高中或大學），並聚集了國內頂尖的運動員，是間名門大學

眾多名人自此輩出，培養出好幾位能夠代表日本的菁英運動選手。

而我——槙島祐太郎，從今年春天開始，將在這所文武雙全的菁英們所聚集的高東大學通學。

把高中三年都獻給足球的我，不可能靠讀書考進高東大學。我是考取足球的體育推薦名額合格（註：類似體保生，亦即體育資優生）而入學的（也就是說，我的腦袋頗笨的）。

「喂！一年級的！快點跑完啊！」

「「「是！」」」

高東大學足球社是蟬連關東大學足球聯盟二連霸的強權，每天都進行著高強度的訓

練。

比起運用球的訓練內容，我們這些剛入社的一年級生更著重在培養體力的訓練上，現在也是一個勁地在足球場上來回奔跑。

開跑後約莫過了一個小時，結束的哨音終於吹響，幾乎全部的一年級生都當場癱倒在地。

太陽已經西沉。當我精疲力盡地在球場上躺成大字型時，有人往我這裡探頭過來。

「還活著嗎～？」

拿著擠壓式水壺出現在眼前的，是我的隊友——同樣也是一年期生的阿崎清一。

他有著氣質輕佻的天然捲髮型特徵，跟我一樣是體育推薦生笨蛋。

「……我已經死透了。」

「哦～死翹翹啦？那潑水在你身上你也不會生氣嘍？」

阿崎翻倒瓶蓋開啟的水壺，往我臉上澆水。

猶如瀑布般沖下來的水柱一口氣灌進我的鼻子和嘴巴，害我嗆到。

「咳！咳！咳！你這傢……！搞屁啊阿崎！」

我半發怒地來回追趕著他，但阿崎以自豪的腳程甩掉我的追殺。

「好啦好啦，別那麼生氣嘛。」

「可惡欸！都跑那麼久了，你為什麼還這麼有精神啦！」
「有精神不是當然的嗎？因為我們等一下——」
阿崎眨了個眼，並將手機的螢幕朝向我這裡。
畫面中顯示著他與某人的對話內容。
雙方一來一往的對話似乎在計劃著些什麼，可以頻繁看到「聯誼」這個字眼出現。
「伊澤研究室（註：日本的大學會由一名教授組成特定主題的研究室，教導幾名學生研究該領域。研究室的名字多由指導教授的姓氏冠名。也稱作研究小組或研究會）不是有個叫做『藍原』的女生嗎？」
「啊～……前陣子你說很可愛的那位嗎？」
「對！就是她！之前我拜託伊澤研究室的女生安排了一場聯誼，藍原也會參加哦！」
阿崎興奮地抓起我的衣襟，一邊搖晃我一邊自豪地說道。
「我很厲害吧！」
「嗯～」
「然後！那場聯誼將在今天晚上八點開始！」
「哦～」
「……欸，你幹嘛裝得一副沒興趣的樣子？看到藍原那凸、凹、凸的好身材，任誰的下半身都會搭起帳篷……」

「比起這點，你不是說聯誼是八點開始嗎？快點收拾收拾吧。」

我「噓！噓！」地揮手驅趕他，阿崎卻發出「姆呼呼」的噁心笑聲。

「槙島呀，你也得參加哦～」

「……咦……嗄？」

「雖然有四個女生，但是男生這邊的人數湊不齊，所以我就擅自把你算進去了。」

「搞什麼啦！喂！」

暴怒的我打算抓住阿崎，卻被他華麗地閃了過去，並將水壺拋向我這裡。

當我用兩手接起水壺之際，阿崎已經揮揮手逃之夭夭。

「你也差不多該上上看女人了吧！成天追著足球跑，能幹的都沒幹到就要上西天嘍！」

「閉嘴！」

阿崎拋了句他擅長的黃色玩笑，踩著小跳步離開了球場。

那傢伙總是一邊炫耀自己豐富的女性經驗一邊煽動我，真的很讓人火大。

況且那傢伙會在女生們面前隱藏經驗豐富的氛圍，更讓人不爽。

「好，總之無視聯誼，來自主練習吧。」

我為了自主練習而站起身。此時阿崎飛奔了回來。

「槙島～！有件事我忘記說了。」

「怎樣啦？我不會跟你去聯……」

「因為你對時尚完全不講究，所以我拿了一件夾克來給你啦。」

「夾克？多此一舉耶。」

「什麼多此一舉？你每天都穿運動服不是嗎！沒有社團活動的日子，你不也穿得像個鄉下小混混一樣來上課嗎！」

阿崎戳到我的痛楚了。

對衣服毫不講究是事實沒錯，無……無法回嘴。

從男校畢業的我，一直以來只顧著踢足球。雖然不至於完全不懂，但實在不敢說自己有時尚品味。

高中時期我也住在學校宿舍，沒有交過女朋友，因此從未在意過自己的儀容打扮。

「聯誼這種事，你就當成一場求職面試，向女孩子推銷自己的商品價值就好嘍。」

「呿，從剛剛就在裝模作樣……」

「總而言之！夾克已經掛在你的置物櫃裡了，快點完成自主練習，然後到我指定的店裡來啦～」

阿崎最後丟下了這句話，便先行離開了。

聯誼……啊。

我盯著腳邊的足球。

除了足球之外，我的內心可說是毫無依靠。

包含我在內的數名一年級生在足球場上踢著球，直至球場的熄燈時間來臨。

☆☆

聽說這場聯誼辦在我們大學附近，是個附有KTV設備的租借空間。我決定先回到自己住的公寓，沖個澡把汗水洗掉。

我住的套房在距離大學徒步八分鐘遠的公寓，屋齡二十年。回到家後，我沖了澡，換好衣服，套上阿崎借我的黑色夾克走出房門。

「唔……有點冷耶。」

入春的東京依然吹著冷冽的風。

因為方才還在踢球，身體很暖和。但是此時剛洗完澡的我身體耐不住寒冷，於是跑去便利商店買了暖暖包，並把手插進跟阿崎借來的夾克口袋裡。

「嗯？這是什麼？」

手插進口袋裡，碰到的是──橡膠製的「那個」，以及被折疊好幾次的紙條。

「那個色鬼……為什麼要把這種放在口袋裡啦？」

我這麼說著，卻還是把「那個」收進錢包裡。

（算了～也是有可能發展成那種狀況嘛。）

「是說他放在一起的這張紙又是幹嘛的？」

我攤開這張被折疊好幾次的紙張，看到上面似乎寫了什麼字。

『給摯友槙島：』

這是給我的信？

『槙島，我要給你一個任務。這場聯誼除了你以外，男生都已經被安排坐在他們想追的女生面前了。所以沒有任何目標的你要坐在剩下的位子上，把眼前那個沒人要的女生帶回家！你的摯友──阿崎筆。』

在智慧型手機普及的現代幹嘛特地寫信？這點讓我百思不得其解。

我一邊走著，一邊重複讀了這封信好幾次。

總而言之，就是「我們各自有看上的女生了，所以你就跟多出來的那位好好相處吧」的意思？阿崎那傢伙也太恣意妄為了吧。

來幫他湊個人數就應該感謝我了，還要我把多出來的女生帶回家？

「開什麼玩笑——」

正當我任由怒氣使然打算撕破信紙之際，剛好注意到背面也寫了字。

『——一旦完成任務即可得到報酬，是你一直想要的最新款釘鞋。再送你東京拓荒者隊第三戰的比賽門票兩張！（跟那個女生一起去吧！）我講真的。所以你給我爭氣點，槙島！』

「阿崎你這傢伙……我這朋友真是太讚了。」

對於想要全新釘鞋的我來說，這個報酬條件實在好到不能再好。

參加聯誼湊個人數一次，就能拿到這樣的酬勞，不是賺爛了嗎？

情緒高漲到極限的我，歡歡喜喜前往聯誼地點，抵達——距離大學五分鐘路程的——出租場地的其中一個包廂。

可以聽見自包廂內傳出的笑聲。

大家好像已經聊開了。

「不好意思～」

「楨島～你太慢了吧？」

「抱歉抱歉。」

我對阿崎眨了個眼，走進室內。

而他似乎察覺到我已經讀過了那封信，也回了我一個眨眼。

「你終於到了，楨島。」

「對啊，看在你的面子上……（快把釘鞋交出來。）」

出租空間中有三名足球社的男生，以及四名女生。

男生女生隔著長桌而坐，看似開心地聊著天。然而當我走進包廂內，女生們的視線便一齊聚集到我身上。

「呃……我是楨島祐太郎，跟這些傢伙一樣是足球社的。」

「楨島同學哈囉～」

「欸～欸～楨島同學也快點坐下呀～！」

一位是感覺有些強勢的長髮女孩，另一位是氛圍柔和的鮑伯頭女孩。我被兩人催促就坐，於是坐上男生這方最後面的位置。

「藍原，槙島來了耶。真是太好了呢。」

「欸～悠子，別這樣啦。」

右前方綁著側編髮的女生就是藍原。

也就是阿崎想追的那個女孩吧。

的確比其他女生可愛很多。

——但那跟我一點關係也沒有。

在我眼中，坐在面前的女生們看起來就是釘鞋。

最新款的釘鞋，極輕巧又包覆腳型。雖然曾在店裡試穿過，但是資金層面讓我買不下手。

看我速速結束聯誼，手到擒來那雙釘鞋。

「那麼餐點送上來之前，我們來一對一聊天如何？用輪盤App來決定第一個聊天對象吧。」

聽到阿崎的提案，大家說了聲：「好哦～」轉起輪盤。

☆☆

我們最大限度地活用這個包廂進行一對一聊天，各組都離他組有一段距離。規則是每個人都聊過一輪以後，還可以再與覺得意猶未盡的女生自由對話。

我的第一個聊天對象是氛圍柔和的女生，接著則輪到那位有點強勢的女生。我跟她們做完自我介紹以後，也聊了很多事。

感覺無論哪位都是時下的女大學生。氛圍柔和的女生叫做高野，好像在社群網站上傳了時尚相關的影片，據說追蹤人數超過十萬人。

有點強勢的女生叫做五十嵐，是田徑社成員，從國小、國中到高中都在全國大賽獲得優勝，似乎是位明日之星。

然後在五十嵐之後，輪到的是藍原。

「呃……我是藍原柚子。你是槙島同學……對吧？」

「嗯……我是。」

藍原不停地眨著眼，視線一次也沒有跟我對上。

我們不是沒有說過話嗎？我是不是曾經做錯什麼事啊？

「之前我湊巧看到了你們B組（註：即球隊二軍）的比賽……」

「是我停球失敗，結果被反擊得分的那場吧？唉～我很遜吧。」

「才不會！那是因為槙島同學身為前鋒卻退到不習慣的中場區域用背身站位（註：Post Play，並非指背對敵方選手，而是背對球門或籃框傳、接球的技巧）接球，然後被對方的中場（註：Volante，分成後腰、正中場、前腰。介於前鋒與後衛之間，負責助攻、協防……等調整比賽節奏的工作）進行激烈的近身壓迫才會掉球的。與其說是槙島同學的問題，不如說是整個隊伍都太趨於守勢了才……」

「那個……藍原？妳突然間怎麼了？」

「……！」

聽到我的聲音後，熱情為我辯護的藍原突然回過神來，頓時變得滿臉通紅。

「我……我很喜歡足球！」

「哦～妳喜歡的隊伍是哪支？」

「拓荒者！」

「真的假的？我也是東京拓荒者隊的粉絲耶！」

啊，真是的，糟糕糟糕。

遇到足球的話題，我總是會不小心聊得太起勁。

畢竟她是阿崎看上的女生嘛，我得幫阿崎助攻一下才行。

「那、那妳跟阿崎可能會很合得來唷。別看阿崎那個樣子，他的足球素養很好，而且教練還說他明年可能會升上A組擔任先發球員呢。」

「哦，這樣啊……哈哈哈。」

藍原乾笑了一聲，拿起果汁。

她該不會討厭阿崎吧？

但我還是必須幫阿崎助攻才行，不然可能會拿不到釘鞋啊……

「妳等一下要跟阿崎聊天吧？雖然那傢伙看起來吊兒郎當的，不過其實人很好呢。」

「……嗯。」

「藍原喜歡足球的話，應該會跟他很有話聊才……」

就在這時——

肌膚白皙的手臂伸進我跟藍原之間，敲了敲桌面。

「藍原同學，時間結束了，我是來跟妳交換的……」

女生組的最後一位是剛才坐在我面前，戴著紅色髮箍及眼鏡的女生。

她依然戴著黑色的口罩，看不到她的表情。

「抱、抱歉哦，佐佐木。」

藍原禮貌地點了點頭，留下一句：「如果還能聊天的話，我再來找你唷。」便朝阿崎那邊走去。

阿崎，能幫的我都幫了，剩下的你自己加油吧。

「……欸，你叫什麼名字？」

打斷我跟藍原對話的女生問起我的名字。

「我是槙島祐太郎。」

「哦～」

她跟剛剛的女生們有點不一樣，有種莫名的神祕氛圍，燙成波浪捲的齊肩短髮與修長的眉毛是她的一大特徵。

身高大約160公分，皮膚白得略顯不健康，身體頗為纖瘦，能看到她裙襬下的雙腿也一樣纖細。

「我的名字是佐佐木絢音。請多多指教，槙島同學。」

佐佐木絢音……啊。

跟別的女生不同，給人一種很沉穩的印象。

她身穿淺褐色的開襟針織衫，配上黑色的裙子，打扮不是很起眼。

會來聯誼的女生，普遍給人一種玩得很開的印象。然而看到藍原或是這個女生，讓我不禁覺得：原來不是那種類型的人也來會參加啊。

「我覺得佐佐木跟其他女生不太一樣耶。為什麼妳會來聯誼呀？」

「我是為了湊人數，不得已才來的……」

「真……真的嗎！其實我也是來湊人數的——」

「那絕對是騙人的吧。」

佐佐木瞥開視線，同時小聲說道。

「啊？我幹嘛說謊？」

「在來這裡的路上，除了我以外的三個女生都在談論你。」

談論我……？

這到底……是怎麼回事？

無法理解狀況的我當場呆住。見狀，佐佐木喃喃表示：「原來如此。」

「也就是說你被當成魚餌了吧？」

「什麼魚餌？」

「把我之外的女生釣過來的魚餌呀。」

「……我是魚餌？」

原來如此！強迫我加入聯誼，以及當我進入包廂時，那些女生們的反應，全都是因為……這麼一想就說得通了。

「阿崎那個混蛋！他果然不是什麼好搭擋，把摯友當餌也太渣了吧！」

「你很生氣嗎？」

「這不是當然的嗎！那傢伙利用我耶！」

「哦～……那我有個提案供你參考。」

「提、提案？」

「我想早點離開這裡。而你被當成魚餌，也跟我有一樣的想法，所以我們的利害關係一致。」

「妳是指我們兩個一起偷溜出去……的意思嗎？」

「沒錯。然後……我只給你看哦。」

「是要……看什麼？」

我話才說完，佐佐木便摘下眼鏡跟口罩，把果汁喝完。

她的嘴唇左下方有一顆小小的痣……

再加上那雙有點施虐氣息的鳳眼……

這張臉……好像在哪裡看過。

「認不出來嗎？」

——啊！

我回想起三年前一邊懶散地待在暖桌裡，一邊看電視時的記憶。

「妳、妳妳妳妳、妳該不會是……綺羅——」

「噓！槙島，我們走吧。」

我清楚地想起來了。

她不是佐佐木絢音。

而是三年前，我就讀高一時的「全國高等學校足球錦標賽官方經理」，是那位偶像……！

佐佐木把眼鏡跟口罩戴回去，然後牽起我的手，往五十嵐的方向走去。

「五十嵐～我跟槙島非常處得來，所以我們先離開嘍。」

「咦？等等，佐佐木妳等一下！槙島是……」

「哦～槙島！你要先走也ＯＫ唷！」

女生們聽到這句話，頓時露出有點不滿的表情。

阿崎跟其他兩個男生都是笨蛋，他們對我眨了個眼，目送我離開。

阿崎，你騙了我可是大罪，照理說要判紅牌並禁賽三場。但是這次多虧有佐佐木絢音，變成史上最讚的妙傳了。

畢竟呀，她也是來湊人數的嘛——

我與佐佐木牽著手，用跑的逃到外面。

「我們真的溜出來了耶，槙島。」

「對啊……」

我們就這樣漫步走到大學前的河邊，在河邊的草地上並肩而坐。

「我就直接問了。妳是那個前超人氣偶像……『綺羅星絢音』嗎？」

「答對了。什麼嘛，原來你知道哦？」

「只要是日本人，沒有人不知道你的名字吧。」

綺羅星絢音是國民等級的偶像團體——Genesistars的核心人物……但是兩年前，這位前偶像突然退出了演藝圈。

記得她好像是以「想專心在學業上」為由而辭掉偶像的樣子……

「說到綺羅星絢音，就是Genesistars的不動C位吧？」

「你的知識也太膚淺了吧～」

「對了！妳也當過全國足球錦標賽的官方經理嘛？」

「那只是因為你是足球社的才知道吧？你對我沒有更深的了解嗎？」

「畢竟我不是綺羅星絢音的粉絲啊……除此之外的事情我就不清楚了。」

「那我就親自告訴你吧。」

這麼說著的她將手伸向星空。

「——Genesistars，邁向伊始的光輝，九十名被選中的少女們所聚集的偶像團體。在那之中，只有真正能夠綻放星光的女孩，才能站上C位——而那個人就是我。」

「什麼嘛，結果是在炫耀哦？」

「就是在炫耀啦～因為我綻放的光芒，跟這片夜空的星群一樣閃耀呀——」

佐佐木站起身，比剛才還要大幅度地張開雙臂，仰望夜空。

「——我原本是這樣想的。但是……」

「但是？」

「我跟團裡的女生意見不合。我跟她一個是C位，一個是隊長，要是成員感情不合的消息傳出去，可能會使團隊瓦解。」

「也就是說，妳不當偶像的理由，其實不是想專心在學業上嘍？」

「這不是當然的嗎？『綺羅星絢音因為跟同伴吵架，所以不當偶像啦～』這種消息說得出口嗎？結果因為我，她也不當偶像了，Genesistars同時失去C位跟隊長。真的讓人覺得無可奈何，對吧？」

我想不到該如何回應她。

如果是漫畫裡的帥氣主角，應該會說「才沒那回事！」或是「妳才沒有錯！」來幫她說話吧。但現在的我還不是那麼出色的人，講不出那種台詞。

「啊～～好久沒跑步了，我都滿身大汗了啦。要去哪裡休息一下嗎？」

「休息是指愛情旅館嗎？」

「愛、愛情？不是啦！你對神聖的偶像說這什麼話啊！」

「是『前』偶像吧？」

「都一樣！」

佐佐木氣得滿臉通紅。

見到她豐富的情感變化，讓我覺得她不是遠在天邊的存在，簡直不像當過偶像的人。

直至方才依舊凜冽的春日晚風，在這河岸草皮上，卻讓我感到十分舒適。

「你很粗野耶！」

「因為聽妳的說法，害我以為妳在約我嘛。」

「啥？」

佐佐木的臉頰再次通紅，只憑藉著月光仍清晰可見。

「笨蛋！像你這種男生……我打從一開始就不會約你啦！」

「說得也是啦～」

我回應道，同時往草地躺下去。

「我雖然是個運動員，平常卻都過著非常散漫的生活，衣服也是只穿那幾件運動服而已，打工跟家裡給的錢全用在釘鞋上面了。真的是很無可救藥的人，對吧？」

「不要那麼自卑！你是男孩子吧！」

「我是男生沒錯啦……」

或許是要配合變得神經質的我，佐佐木再一次坐到我身旁。

兩個人一起吹著晚風的時光，讓我覺得很青春。

「我剛剛注意到一件事。」

「怎麼了？」

「綺羅星絢音不是比我大一歲嗎？」

「啥？你現在才注意到？」

「……很、很對不起。」

「不要畢恭畢敬的，我們讀的是同一所大學的一年級呀。」

「很對不起。」

「就叫你別那樣了！」

佐佐木用食指壓了壓——躺在草地上的——我的鼻子。

「別……！我……我知道了啦！要隨興一點對吧，綺羅星？」
「也不要叫我綺羅星。我的本名是佐佐木絢音。」
「那就佐佐木。這樣可以嗎？」
「很好。」
佐佐木笑著回答，隨即用手指彈了我的鼻尖一下。
「就算你是傻瓜，還是很擅長足球吧？就讓我這個全國錦標賽官方經理親自去看你比賽如何？」
「不用勉強自己來看啦，反正下一場比賽我是坐冷板凳的。」
「不准講洩氣話！無論是足球還是什麼事，沒有上進心就只能等著被淘汰唷！」
「怎麼感覺前偶像小姐講話很熱血？」
「聽好嘍。下一場比賽我會去看，你絕對要給我進球哦！要是沒做到，就要玩懲罰遊戲哦！」
「懲、懲罰遊戲？」
「嗯。至於內容嘛～你要服從我的命令一次，『不管我說什麼』你都要聽。這樣如何？」
唔哇～這是什麼老土的約定？

隨便接受約定反而會有壓力，這樣更難辦吧……

「順便問一下，要是我按照約定進球得分呢？」

「……恭、恭喜你！好球～！」

「什麼都得不到哦？」

「沒辦法，不然我請你吃飯好了。」

「吃飯？」

「我會請你吃一頓豪華晚餐，怎麼樣？」

「就算妳問我怎麼樣……」

「你要是敢拒絕，明天我就跟五十嵐她們說些有的沒的哦，像是『我跟你溜出去以後，被你上下其手了』之類的～？」

感覺會變得很麻煩……又好像不會。

「聯誼的前提就是要幹些什麼吧。既然都從聯誼溜出來了，就算妳到處說被我上下其手，感覺也沒什麼傷害……」

「藍原會很失望吧～」

「跟妳說，喜歡藍原的是阿崎啦。」

「咦？你們說話時感情看起來那麼好，結果你不喜歡她嗎？」

「我覺得她很可愛啊。身材很好，還喜歡足球，是個很棒的女生。可是阿崎已經看上她了，我就……」

「哦～」

「幹嘛要用懷疑的眼神看我？」

「算了，先不管這件事。剛剛的約定就那樣說好了，可以嗎？」

佐佐木用食指戳了戳我的胸口問道。

就算下次比賽我沒有進球，以佐佐木的性格來看，應該不至於下達太過分的命令吧。反過來說，只要有得分，就能讓她請我吃豪華晚餐……

「……好，那就說定了。下一場比賽，不管是先發還是替補上場，我絕對會進球給妳看。」

「嗯嗯，這才像個男孩子嘛！」

在這之後，佐佐木問了我下一次比賽的日期並筆記起來，接著便那樣跑了回去。

「拜拜，槙島！」

她是個前偶像，又像個熱血教頭，感覺莫名套近乎。

從剛見面到分開，都是個不可思議的傢伙。

是說已經到這個時間了，我是不是應該送她回家呢？

哎呀，反正離車站也很近，隨意關心人家反而會讓人感到噁心，還是算了吧。

目送佐佐木的背影後，我走過河岸的草皮，回到公寓的套房。

我脫掉夾克，在沙發上舒展雙腳，一邊確認手機。此時我看到聊天App「lime」有訊息傳來。

『阿崎：我失敗了，沒能帶回家（哭）。只有你成功也太狡猾了！』

是哦……我這邊跟前偶像的交情已經好到都定下一個奇怪的約定了。倒是你們啊，居然連帶回家都做不到哦？（我也沒做到就是了）

雖然我姑且算是滿順利的，但現在還是識相點，配合他一下吧。

『槙島：我也不過是被她當成溜出店裡的藉口而已。』

『阿崎：這樣啊！那就好（安心）。要你這個足球痴談戀愛果然太勉強了啊～』

阿崎這傢伙果然很煩。

封鎖他個一星期吧。

☆☆

回到家後，我舒服地泡了個澡讓身體暖和起來，才躺到床上，接著用手機搜尋綺羅星絢音的資訊。

——消失的天才。

——堪稱國寶級，代表令和（註：日本於二〇一九年五月一日正式啟用的新年號）的美少女偶像。

——Genesistars總選舉蟬連第一。

越是搜尋就跑出越多不得了的頭銜，讓我再次認知到綺羅星絢音本是別的世界的居民，那個世界遠遠超乎我的想像。

「嗯？這是……」

找著找著，我發現了三年前巨蛋公演的連結。

我曾看過她作為全國錦標賽官方經理的模樣，也看過上綜藝節目時的綺羅星絢音，卻沒有看過她實際在舞台上的樣子。

我基於好奇點下連結，進入影音網站。影片一開始就是綺羅星絢音的特寫鏡頭。

『各位～！放聲喊出來——！再大聲一點——！』

『『『哦哦哦哦哦哦！！』』』

閃閃發光的舞台設置在巨蛋球場中，綺羅星絢音就站在上面，身穿可愛的衣裳，面露足以勝過任何人的燦爛笑容。

她展現開朗的神情，用高亢的聲音帶動觀眾的情緒，感覺跟我剛才見到的佐佐木不是同一號人物。

彷彿與影片中會場的熱情成正比，影片的留言區充滿了因綺羅星引退而悲痛不已的留言。

畢竟她是國民等級的偶像，這樣的情況或許再正常不過。不過原來綺羅星絢音是如此受到大眾愛戴的偶像啊。

國寶級的美少女……我好像不小心跟一個很厲害的人交好了耶。

「啊～可惡！我比較想專心在足球上啊！結果現在一直在想佐佐木的事了啦！」

比賽的日子將至，我沒有時間可以花在多餘的事情上了。

現在我不該看偶像，應該看足球才對。

「佐佐木的事情先放一邊，現在要集中在足球……」

即使這麼想，我卻依舊一直看著綺羅星的影片，直到入眠的前一刻。

——隔天早上……

早晨的陽光灑落在我的臉上。

……啊～糟糕，忘記拉上窗簾——

「……哇！幾點了！」

當我睜開眼睛之際，已經早上七點多了。

今天早上第一節有課，我原本必須在六點起床，進行每日訓練的慢跑才行。

「非得快點準備不可！」

然而因為睡過頭，也沒空慢跑了。而且今天的課要先下載講義，還得列印出來才行。

考量到時間問題，現在不出門就會來不及。

我把冰箱裡的鹹餡料麵包配開水硬吞下去，然後一邊用髮膠整理頭髮，一邊套上足球社的運動外套出門上學。

「啊，鑰匙鑰匙！」

我當然有把門鎖上。

☆☆

我奔向位於三樓的教學用小教室。
畢竟第一節課的人數很少，要是遲到會很突兀。
我跑上樓梯，在鐘聲敲響的同時進入教室，坐到最後方的位置。
好、好不、好不容易趕上了……
就在我為沒有遲到而鬆一口氣之際，教授走了進來。
「今天的課要來解說上一次給你們看的影像資料。請各位把印好的講義拿出來吧。」
印……好的……？
對，我把最重要的事給忘了。
好不容易趕到教室，結果卻忘記把講義印出來，這明明是最重要的事情啊……！
「完蛋了……」
要是沒有講義，這節課就完全跟不上了。
我思考著該怎麼辦才好。此時有人從旁遞出了三張講義到我眼前。
「早啊。」

齊肩短髮與黑色口罩，再加上眼鏡，以及這個香水的味道——

「妳是佐佐木嗎？」

「真是的，才昨天的事而已，不要今天就忘記呀。那麼讓人印象深刻的相遇還能忘掉，你是雞（註：據說雞的記憶力很短，因此日本才有這個比喻。但實際上雞的記憶力不錯，甚至有數量的概念）嗎？」

「…………」

「你倒是說些什麼啊！」

都是因為昨天晚上看了綺羅星絢音的演唱會影片。看過她那閃耀動人的模樣後，害我莫名地在意起佐佐木，現在緊張得……不得了。

佐佐木自然地坐到我的左側，把剛才放在我眼前的講義又往我這邊挪過來一點。

「講義給你。你剛剛在煩惱這個對吧？」

「唔……為什麼妳會知道我在想什麼？」

「因為桌面上只有鉛筆盒的就你一個呀，怎樣都會發現吧！哈哈哈！」

佐佐木捧腹大笑。

「不、不要笑啦。」

「抱歉抱歉。我用平板就可以了，所以你不用在意，拿去用吧。」

佐佐木從托特包拿出平板電腦與專用的觸控筆，放到桌上。

「但是……感覺對妳很不好意思耶。」

「別客氣！有困難就是要互相幫助啊。昨天你當了我溜出店裡的藉口，這次輪到我幫你一把了。而且不過就是三張紙，沒什麼大不了的啦。」

「……那我就心懷感激地收下了。謝啦，綺羅……」

「我現在是佐佐木。」

「佐……佐佐木。」

佐佐木銳利的目光穿透鏡片，糾正了我的說法。

課程平順地進展著。佐佐木用平板的觸控筆戳了戳我的肩膀。

「這堂課結束以後，你要去足球社練習嗎？」

「練習從下午開始。」

「哦～那早上都沒事嘍？太好了。其實我等一下要……」

「啊，不過這節課結束以後，我打算進行自主練習。」

「是、是哦……」

「……」

「……」

「喂，妳不是有事要說嗎？」

「稍、稍微等我一下。」

佐佐木開始拚命滑起手機。

我偷瞄了一眼佐佐木的手機，想著「她到底有什麼事？」結果看見佐佐木打開咖啡廳的網頁……咦？

「妳該不會沒跟我確認時間，就預約了哪家店嗎？」

「才沒有呢！你、你在誤會些什麼啊！傻瓜！笨蛋！」

「妳是小孩子嗎？」

「吵死了！我的年紀可是比你還大……」

「吵死了的是你們啦。」

「「咦？」」

那道老成的嗓音直到剛才都還離我們有一段距離，現在卻出現在耳邊，讓我跟佐佐木的背脊都涼下來了。

教、教授……！

「把學生證拿出來。」

## 第二章　前偶像小姐想出門玩。

被教授拿走學生證，學號還被記下來的我們倆，直到課堂結束為止，都被教授以銳利的視線盯著。

課堂結束後，我與佐佐木一邊嘆氣，一邊走出教室。

「喂！槙島！都是你的錯，害我們被記下學號了啦！」

「…………」

「都是你跟個小孩一樣找我麻煩，才會變成這樣——嗯？你怎麼了？再怎麼說也沮喪過頭了吧？」

「……我是透過體育推薦入學進入這所大學的，儘管學費減半但還是很貴，不過我姑且算是領獎助學金的學生。要是因為剛才的事情讓我的課堂成績掉下來，最終影響到獎學金資格認定，我就沒臉面對父母了……」

「對、對不起！是我的錯啦，不要那麼沮喪嘛！」

「唉～……」

佐佐木拍了拍我因為失落而彎下的背。

「你想呀，才一兩個學分而已，被當掉也沒關係啦！在其他的課上好好努力，還是能挽回成績的！」

就算妳這樣講……

對於本來就很笨的我來說，每個學分都是關係到下個學年的生命線啊。

況且高東大學是日本首屈一指的私立大學。不僅課程的內容非常困難，聽說也不會憐憫體育推薦生，會毫不留情地當掉……啊～前途堪憂。

「對了！」

佐佐木好像想到了什麼事，突然停下腳步。

「欸～槙島，要去我預約的咖啡廳坐坐嗎？當作轉換心情。」

「……咖啡廳？」

「一直想著消極的事情，也沒辦法專心練習嘛。我覺得休息時間同樣必要！所以自主訓練就放到下次，一起去吃個鬆餅之類的——」

「那可不行……！」

我不小心反射性地加重語氣說道。

「呃……？」

佐佐木垂下眉尾，以困惑的表情看向我。

「我不練習不行。我既不是先發選手，之前也因為停球失誤輸掉比賽……如果再這樣什麼都不做，我就……我就沒用了。」

「……這、這樣啊。」

我轉過身，徑直朝球場的方向邁出腳步。

我到底在焦躁什麼？

佐佐木跟足球沒有關係，就算遷怒於她也解決不了任何問題，不是嗎……！

佐佐木她……應該很生氣吧？

當我如此心想而打算回頭之際，音色相同的腳步聲叩叩地接連傳了過來。

這是……佐佐木的短靴聲……？

我停下腳步，那個腳步聲也停了下來。

「……！」

我明明用那種口氣隨便對她發怒……但她還是一直跟在我身後。

「…………」

「…………」

我們彼此都不發一語，時間就這樣逐漸流逝。終於忍不下去的我率先開口：

「佐、佐佐木。」

「怎麼了？」

我轉身低下頭。

「剛剛很抱歉！我突然生氣，嚇到妳了吧？」

聽到我道歉，佐佐木的臉頰鼓了起來，在我面前「噗」一聲笑了出來。

「哈哈哈哈，是怎樣啦！為什麼是你在道歉？」

「因為……仔細想想，起因是我忘記印講義。要是沒有這件事，佐佐木也不會跟我搭話了。」

「真是的，才不是呢。遞講義給你的是我，擅自預約咖啡廳的也是我。對你發飆，然後惹教授生氣的還是我，你完全沒錯啊。我才該道歉……對不起，全都怪到你頭上。」

佐佐木只有在道歉時才會拉下口罩，靦腆的表情看起來很不好意思。

由於她當過偶像，我擅自認定她是個自尊心很強的人，身段卻意外地很柔軟呢。

「嗯？一直盯著我的臉看，怎麼了嗎？」

「……我覺得妳意外地很率直耶。」

「講意外是多餘的！我可是比你大一歲的姊姊，做人很乾脆啦。」

「虧妳昨天還要我把妳當同輩看，只有對自己有利的時候才會強調年紀。」

「你說什麼？根據內容，我的拳頭會飛過去唷。」

剛才的溫和跑去哪了……？

總之先隨便矇混過去吧。

「呃～我說我今天就不去練習了。」

「咦？那個……也就是說？」

佐佐木隔著口罩摀住嘴巴，雙目圓睜。

「嗯，我陪妳去想去的地方，當成轉換心情吧。妳已經預約好了對吧？」

「是……沒錯啦……你真的不用自主練習了嗎？」

佐佐木皺著眉頭，擔心地問道。

看來還是告訴她那件事吧。

「其實我加入社團以後，一直都有點過度訓練的樣子，所以教練要我停止自主練習。」

「過度訓練，是指你練習過頭了嗎？」

「對啊。」

「都練習過頭了，你還想再去訓練？」

「呃、嗯……」

從進入社團的第一天開始，我就一直很焦躁。

高東大學足球社實力雄厚，如果不在一年級時多多展現自己，這四年就都要待在二軍了。有些學長就是這樣……

得知這個現況的我，只要有時間就會到球場上露面踢球，社團結束後也盡可能留下來練習。

「我知道自己心裡的焦慮漸漸往負向進展……但要是不努力，成果就不會隨之而來不是嗎？所以我比任何人都努力，卻不太順遂呢。」

我自嘲地說道。此時佐佐木的嘴角稍稍上揚了。

「感覺你呀，跟以前的我好像哦。」

佐佐木望向遠方，喃喃表示。

我跟佐佐木很像……？

「一旦事情不如意，無論是誰都會焦躁呀。我當偶像的時候……特別是站上C位之前也是一直很焦慮，所以我可以深刻體會槙島的心情，也能理解不訓練就靜不下來的感覺……然而練習量不等於結果，只有這點我能斷言。」

佐佐木斬釘截鐵地說。

作為頂尖偶像，總是跑在眾人前方的綺羅星絢音都這麼說了，我也只能這麼認定了吧……

「你得用自己的步調努力才行。」

「自己的……步調……」

佐佐木拿走我提著的鞋袋，說了聲：「我幫你拿。」接著輕快地自我前方邁出腳步。

我們明明才認識一天而已……該怎麼說？她還真擅長取得他人的信任啊。

「你要在那裡呆站到什麼時候～？」

「好啦，我現在過去。」

被佐佐木催促的我也跟著踏出步伐。

「所以呢？我們現在要去哪間咖啡廳？」

當我如是問道，佐佐木便有些興奮地將自己的手機朝向我：

「要去這間我常光顧的店！」

「哦～常光顧的店？」

「那家店呀，有一道不是情侶就點不到的舒芙蕾鬆餅，口感鬆鬆軟軟，而且十分上相唷！」

「……」

相較於興奮的佐佐木，我以冰冷的視線看向她。

這傢伙，該不會……

「怎、怎麼了嗎？槙島？」

「妳一開始的目的該不會就是那個吧……」

「才、才沒……那回事呢～」

佐佐木的目光飄移不定。

她絕對說謊了吧。

我把鞋袋從佐佐木手中拿回來，轉身往球場走去。

「我還是去自主練習好了。」

「等一下啦！槙島～！」

☆☆

結果，我們還是決定去佐佐木常光顧的咖啡廳了。

總感覺自己好像被佐佐木巧妙利用了。但她對我說的「休息也很重要」這番話實在很有道理，讓我打消了自主練習的念頭。

聽佐佐木說，她常光顧的咖啡廳距離大學前的車站有三站遠。此時已過尖峰時刻，電車裡的人潮也漸漸變得稀落，於是我與佐佐木便搭上了電車。

走進車廂之際，眼前剛好有個位子沒人坐。我將座位讓給佐佐木，然後抓住她前方的吊環。

佐佐木朝我輕輕點了個頭，安靜地坐下來。

不過現在想起來，這傢伙都沒有被人識破她就是綺羅星絢音，還真令人訝異。

只要仔細觀察髮型或眼神，一瞬間就會曝光了吧……但她的髮色是比現役時期還要深的褐色，戴上口罩也看不到嘴巴周圍，所以頂多只會讓人覺得「這女生跟她好像哦～」而已？

我邊想邊盯著佐佐木，她於是對我眨了眨眼，反過來瞪向我。

我可沒有要找妳吵架唷。

我們互不交談，靜靜地坐在電車裡。不過即使我滑著手機，佐佐木依舊什麼事也沒做，只是一味地望著我。

感覺她不說話是為了避免身分暴露。不過……一直盯著我，是有什麼事想跟我說嗎？

我打開了lime的App，接著點開跟佐佐木的聊天室，傳訊息問她：『如果不方便發出聲音，要用lime聊天嗎？』

結果她回了訊息：『你為什麼從剛才就一直盯著我？』

原來如此，是在意這點才一直朝我看過來的啊。

那麼，我該怎麼回覆才好呢？

老實地跟她說「沒想到妳的身分都不會曝光耶」的話，感覺就像在說「綺羅星絢音的知名度很低」一樣，反而會變成在貶損她……啊，對了。

『我只是在想，妳今天的髮型沒有燙成波浪捲，才會一直看啦。』

看著佐佐木的我無意間發現這件事，於是試著詢問了原因。

只見佐佐木一邊皺著眉頭，一邊回覆：『我因為不小心睡過頭，忘記燙捲了。』

這麼說來，她進教室的時間比我還晚呢……她意外地不擅長早起耶。

我咈咈笑了聲。見狀，佐佐木隨即傳了訊息：『別笑啦笨蛋！你自己明明也睡過頭啦！』很明顯是在生氣……嗯？

『為什麼比我晚到的妳會知道我睡過頭？』

我用lime一問，坐在眼前的佐佐木便猛然遮住嘴巴。

明明用lime在聊天，居然還有這種動作哦。

此時電車剛好抵達了目的地車站。佐佐木將手機收進包包，同時站起身，我們一起下了電車。

「所以呢？為什麼妳會知道？」

我一下車就立刻問道。佐佐木則露出很難為情的表情說：

「那、那是因為……你在那節課一直都坐在最前面的位子，今天卻難得坐在最後面呀。」

「妳……妳……」

我原本想說「妳的洞察力跟偵探一樣耶」。不知為何佐佐木卻捶了我的背說：

「不、不是那樣！我才沒有從之前就在關注你呢！」

「什、什麼啦！」

「哼！」

鬧彆扭的佐佐木率先通過驗票閘門，快步走掉了。

這傢伙的性格還真是麻煩啊。

她在偶像時期跟成員起衝突的原因，一定出在這裡。

我追著佐佐木通過驗票閘門。

「佐佐木，別生氣啦。」

「我才沒在生氣！」

「……那妳的臉頰為什麼會鼓起來啊？」

隔著口罩也知道佐佐木氣鼓了臉蛋。

我以食指壓了壓她膨起的臉頰，結果佐佐木不爭氣地發出一聲「噗欸」。

「哈哈哈，那個聲音是怎樣啦！」

「討厭～！」

「一直生氣的話，連鬆餅都要變難吃嘍。」

「唔～……」

她的臉頰又鼓起來了。我跟剛剛一樣伸手一壓，佐佐木又發出了一聲「噗欸」。

「槙島你呀，很熟練嘛。」

「熟練什麼？」

「跟女生的應對啊。昨天的聯誼也是，跟其他女生聊得很開心的樣子。」

那時我一心想要釘鞋這個報酬，滿腦子都在想著要怎麼闖過那一關。

「我沒有留意過應對女生的事情耶。我是男校畢業的，只是用跟當時一樣的調調講話罷了。」

「對哦，星神——」

「嗯？」

「沒啦！沒事！比起那個，我常光顧的咖啡廳快到嘍。」

那是間位在大馬路邊的木造小咖啡廳，距離車站徒步約三分鐘。

擺在店家前的黑板上寫著「情侶限定！特大號鬆軟舒芙蕾鬆餅套餐」。一看到那個，佐佐木的眼神馬上就亮了起來。

「楨島！我們快點進去吧！快呀！」

「一提到鬆餅，妳就會突然興奮起來耶。」

「這不是廢話嗎！我當偶像時，還有主持『綺羅星絢音的鬆餅之旅』這個冠名節目（註：日本電視節目形式之一，一般以主持人的本名、藝名或團體名來命名，並展現主持人的個人特色）嘛！」

「呃，哦～」

「鬆餅就是鬆鬆軟軟的——」

佐佐木熱情地暢談自己對鬆餅的愛，戴著的眼鏡甚至都起霧了。

對這個話題提不起興致的我決定無視她，先一步進入咖啡廳。

當我進到店裡，一位女店員隨即道了聲：「歡迎光臨～」並往我這邊走近。

「我們有兩個人。」

「好的～」

「等等槙島！你為什麼擅自進──」

在店門口像是唸咒般暢談對鬆餅的愛的佐佐木，追著我進入店內。

「哎呀呀，你是絢音的男朋友嗎？」

男、男朋友……？

「我不──」

我正想要否定，佐佐木卻闖入我與店員之間。

「沒錯！他是我男朋友！我在社群網站上看到你們出了情侶限定的舒芙蕾鬆餅，就把他給帶來了！」

「哎呀～這樣啊……這位就是～」

女店員以舔舐般的視線打量我的臉。

「與傳聞不同，是個帥哥呢……」

「對、對吧～」

兩人熟絡地交談著。

她們的感情好像很好……但她知道佐佐木是綺羅星嗎？

那位店員為我們帶位。我們在圓桌面對面坐下。

「絢音，餐點只要情侶限定套餐就好了嗎？」

「還要三明治。我今天從早上到現在都還沒吃東西呢。」

「好的～那男朋友先生呢？」

「我就不用了。」

點完餐後，店員留下一聲「呵呵」，帶著神祕的笑容離開了。

莫非她已經識破我們沒在交往了？

明明如此，卻接受了我們的點單，太可疑了……我有不好的預感。

☆☆

「好期待鬆餅哦～」

等待鬆餅上桌的期間，佐佐木的心情一直都很好。

甚至把平常一直戴著的喬裝用眼鏡與口罩都摘了下來……毫無設防也該有個限度吧。

佐佐木翻開菜單，眼神閃閃發光。

由於我們從聯誼溜出來的當下是在晚上，這還是我第一次在明亮的地方見到佐佐木的臉龐。

她那毫無遮擋的臉蛋，比我在影片中看到的還要小巧，五官端正得讓人不禁認為這就是美少女的面容黃金比。

平常因為口罩看不到，但是她的鼻梁直挺，雙唇鮮豔欲滴，宛如藝術品。

她是如此可愛，能理解為何她的粉絲會多如牛毛。

一直盯著她看的話，心臟便會一點一點地升溫……這就是被譽為國寶級的美少女散發的氛圍嗎？

既然天生就擁有此等美貌，辭去偶像以後也能轉換跑道去當演員或是模特兒吧……為什麼會決定離開演藝圈呢？

「你怎麼了？」

「沒！沒事啦！」

「嗯？有什麼東西想點的話，應該可以追加餐點唷。」

「不可能。」

「為什麼啦！」

我喝了一口冰水潤了潤喉嚨，然後看向佐佐木。

「我只是在想，妳至少把眼鏡戴起來比較好，要是有其他客人來，身分一下子就暴露了不是嗎？」

「啊～沒問題沒問題。這間店從來不會客滿，有客人來的話，我會立刻變裝的。」

「咦？如果從來不會客滿，不用預約也沒關係吧？」
「是我的話一定要預約才行啦。」
「是妳的話？」
就在此時，店員小姐拿了飲料過來。
「畢竟絢音是名人，我們請她來光顧之前要聯絡一聲。」
我還在想對方怎麼如此親近佐佐木，果然是知曉佐佐木背景的人啊。
「好的，兩位的飲料來嘍。」
是說她一邊製作飲料，一邊聽我們的對話，聽力到底有多好……欸？
「奇怪？」
那位店員若無其事地把飲料放在桌上……不過這飲料是怎麼回事？
只見又深又大的玻璃杯中，裝著彷彿富豪會喝的藍色夏威夷蘇打。
「我們有兩個人，飲料卻只有一杯……？這個吸管又是？」
這根吸管就像雙通接頭般從中間分岔開來，中間則有個愛心——？
等等，這該不會……
「啊、啊哇哇哇……」
看來就連國寶級偶像也不免驚慌失措。

而剛才回到廚房的店員拿著單眼相機，又走了過來。

「店、店員小姐，請問沒有普通的吸管嗎？」

「哎呀～反正是情侶，沒關係吧。來吧，我幫兩位拍照。當然要用這台單眼拍唷！」

「怎、怎麼可能沒關係啦！快點把飲料換成兩杯，吸管也換掉！」

「咦～～？兩位不是在交往嗎？」

「呃……」

原來如此，點餐時店員露出的神祕笑容，就是在打這個主意嗎……

徹底被擺了一道。

「啊，該不會兩位其實……不是男女朋友？」

「佐佐木！來吧！」

「等……槙島？」

「好啦，快點把臉靠過來。」

畢竟我都暫停自主練習，專程跑來吃什麼情侶限定的莫名其妙鬆餅。

相比花掉的時間與電車錢，這根本不算什麼。

我先含住吸管的其中一頭，佐佐木則一邊瞪著店員，一邊含住另一端。

「好～請看這邊～」

店員舉起相機，向我們招手。

從我含住吸管開始，就能透過吸管感覺到佐佐木的嘴唇正陣陣發抖。

這傢伙……一直強調自己年紀比較大，結果各方面都很弱耶。

「對了～既然機會難得，兩位就用手比個愛心吧～？」

「啥！怎麼可能做啦！」

「佐佐木，來吧。」

「槙島？」

我用右手比出一半的愛心，佐佐木則以顫抖的左手完成了這個愛心。

「好，笑一個！」

☆☆

飲料事件結束後，在等待鬆餅的期間，因為害羞而紅著臉的佐佐木去了洗手間，遲遲沒有回來。

我獨自看著窗外，一點一點啜飲著量多到能把胃灌滿的藍色夏威夷蘇打。

「我、我回來了。」

了。

過了一陣子，佐佐木以手帕擦拭著手，回到座位。

然後……想當然耳，我們之間飄散著尷尬的氛圍。

我們偽裝成情侶而來，結果被拍了那種像笨蛋情侶的丟臉照片，當然沒辦法熱絡聊天了。

不發一語的我們看著菜單及手機消磨時間。此時佐佐木闔上菜單，小聲說道：「槙、槙島……」接著抬起頭來。

「對不起！事情變成這樣！」

沒想到她會跟我道歉。

以佐佐木的個性，還以為她會罵我：「為什麼要做那種事！」

「這不是什麼該道歉的事吧？」

「但是！」

「可以吃到鬆餅，不是該慶幸我們有照做嗎？」

「唔、嗯……」

佐佐木像個惡作劇被發現後遭父母責罵的小孩，紅著眼眶低著頭。

她剛剛該不會在洗手間裡面偷哭吧？

也是啦，被迫跟不喜歡的男生做那些事，應該很反感才對……會哭也無可厚非。

「妳不喜歡跟我做那些事吧？我因為不想浪費時間，就跟店員賭了口氣，抱歉哦。」

「哪、哪有不喜歡——！不、不對，我很討厭那樣！為什麼我得跟你做那些事嘛！」

「果然討厭啊。真的很抱歉。」

佐佐木從我手中搶走裝著藍色夏威夷蘇打的玻璃杯，用另一端的吸管開始喝起來。

「那個……是我剛剛喝過的……」

「吸管口又不同邊，沒差啦。」

「可、可是……」

「居然會在意這種小事，槙島真的很笨耶。」

佐佐木對我展現猶如小惡魔的笑容，啣著吸管。

「對啦，我就是笨蛋。我的綜合偏差值才40左右而已。」

「才、才40？就算獲得體育推薦，也考不上我們大學吧……」

「放心吧，日本史有75。」

「什麼意思？不、不對不對，只有那樣也考不上啦！」

正當我跟佐佐木交談之際，店員把那個叫做舒芙蕾鬆餅什麼的給端上來了。

「為兩位送上限定的特大舒芙蕾鬆餅，以及剛才拍的恩愛合照～」

「照片就不用了！」

「哎～絢音真是的，嘴上這樣說，妳其實很想要吧！」

「不需要！」

佐佐木邊說邊把照片揮到桌面上，還給店員。

「呵呵呵，那我下次傳檔案給妳唷。請慢用～」

「……真是的。」

總覺得這位店員小姐就像個溫柔的姊姊。面對那個綺羅星絢音，居然能用如此輕鬆的態度接待，也讓我覺得很厲害。要是我一定會緊張到全身僵硬。

「哇啊～是舒芙蕾鬆餅！又鬆又軟～」

佐佐木一見到鬆餅，立刻拿起餐刀與叉子吃了起來。

「槙島也吃嗎？」

「我不是很喜歡甜食，所以不用——」

「來，啊～」

軟綿綿的舒芙蕾鬆餅，內餡似乎隨時都會流溢而出。佐佐木熟練地用叉子與湯匙夾起一口，伸到我面前。

鬆餅都送上來了，沒必要再繼續扮演情侶吧……

沒、沒辦法，吃就吃吧。

我為了回應她的行為而將嘴巴湊近。說時遲那時快，佐佐木彷彿倒帶般將夾起來的鬆餅收了回去，然後送往自己嘴裡。

「姆呼～好好吃～」

「……」

「耶～咿，槙島被騙啦～！怎麼啦？以為我會餵你吃嗎～？噗哈哈！」

「…………」

「哦～？不甘心到表情都嚴肅起來了耶～」

「欸，佐佐木，其實我有件事情瞞著妳沒說。」

「什麼事？」

我拿起藍色夏威夷蘇打的杯子，捏起吸管。

「我在妳去洗手間的時候，把吸管換邊喝了。」

「啥……啥嗄啊啊啊？」

佐佐木大叫，氣勢猛烈到摧毀了店內平穩的氛圍。

「那、那剛剛！你用了我吸過的吸管，我之後又用了你吸過的吸管……也就是說……這個變成……間、間間、間接接吻了！」

「都是騙妳的。」

說完的瞬間，暴怒的佐佐木狠狠賞了我一巴掌。

☆☆

「我應該是第一個被綺羅星絢音賞巴掌的男人吧？」

「廢話！我也是第一次賞人家巴掌啊。」

「……其實妳很常打人對不對？」

「才沒有！」

佐佐木嘟起嘴「哼」了一聲，隨即開始專心享用鬆餅。

一下生氣，一下害羞，一下笑，這傢伙的情緒還真忙。

看著佐佐木吃鬆餅也有點膩了，我將目光轉向店員小姐。在收銀台前的她似乎很閒的樣子，正打著瞌睡。

這間咖啡廳沒問題吧？

「……對了。」

「怎麼了，槙島？」

「我要稍微離開一下。」

「去哪裡？」

「洗手間。」

當我從洗手間回到座位上時，佐佐木已經吃完鬆餅，正啪嗒啪嗒地使用手機。

「眼睛離這麼近滑手機的話，視力會減弱唷。」

「少囉唆。」

「真是的，妳是叛逆期的小孩嗎？」

「你才是，不要跟老媽子一樣唸我啦。」

見我回到位子上，佐佐木戴上口罩與眼鏡，將托特包背上肩，做好回程的準備。

「咦？剛剛放在這裡的帳單呢？」

佐佐木遍尋不著原本應該放在餐桌上的帳單。

「我剛剛上洗手間前先結帳了。畢竟店員看起來很閒，我想說既然要結帳，就該趁著還沒有很多人的時候先付清比較好。」

「呃，但是錢……」

「沒關係啦，才這點錢。」

「不～行！幾乎都是我吃的呀！」

佐佐木從自己的錢包中掏出三張野口（註：指野口英世，為細菌學家，數度被提名諾貝爾醫學獎，對日本的公共衛生上有極大貢獻而被印製在日幣千元鈔票上）塞給我。

「不用啦。」

「不行。」

「妳太堅持了吧？就說不用了。」

「真是的～！啊，對了。」

佐佐木突然當場蹲下，從我口袋裡抽出露出一截的長夾。

「欸，喂！」

「既然你不收下，我就幫你放進去。」

「妳啊～這種時候要設想一下男生的心情呀。」

「男生的心情？」

雖然有可能只是她一板一眼。但是她那麼可愛，為什麼會不習慣讓人請客啦？

而在一臉無奈的我旁邊，佐佐木突然抖了一下。

「妳怎麼了？佐佐木。」

「欸、欸……這、這這、這個是……」

她以走調的聲音問。

我一邊想著發生了什麼事，同時從佐佐木手中接下錢包確認。只見錢包裡……放著「那個」。

對了，那個時候——

我回想起昨晚的事情。

結束練習後，前往聯誼的路上，我把手插進從阿崎那裡借來的夾克口袋時，發現了橡膠製的「那個」，於是把它放進了錢包。

太大意了。為什麼我那時會把它放進錢包裡啦！

「佐、佐佐木，這是誤會！我會好好說明的。總之先離開店裡吧！」

一離開店家，我立刻詳細解釋昨天阿崎借我夾克的事，也說明「那個」的出現以及我想把它還給阿崎。我死命辯解了，然而……

「妳聽懂了嗎？」

「說得也是，槙島也是男生嘛。就算沒有女朋友……也會做那種事嘛。」

「妳根本沒聽懂啊！認真聽我說話啦！」

佐佐木滿臉通紅，紅到讓人懷疑她是不是感冒了。

而臉頰火燙得跟她差不多的我拚命解釋著，但她就是不肯聽我說話。

「你昨天……在聯誼結束以後……打算跟我做……的事情嗎？」

「咦？」

「聯誼結束後！……你打算跟我做……色色的事情嗎？」

佐佐木狀似害羞地別開目光問道。

我？跟那位綺羅星絢音？

在打上粉紅色燈光的床上，以浴巾遮掩身體，只露出肩膀的綺羅星絢音，對著我招了招手。

被誘惑的我就這樣跟綺羅星——

「不、不行不行！」

腦海中差點浮現猥褻的妄想。我好不容易才恢復理性，與佐佐木面對面。

「我、我才不會做！剛剛也說了吧，那只是為了還給阿崎才放進錢包裡的。而且我……根本沒做過那種事情啦。」

「……真的嗎？」

「騙妳有什麼好處？我跟阿崎那個輕浮放蕩、見一個上一個的傢伙不一樣。我……！我是很克己的人啦。」

「嗯？哦～」

「所以說，剛剛那是誤會──」

佐佐木抓住我的運動外套，終於與我對上視線。

我滿心期望她理解我的話，她的回答卻超乎預期──

「我！我也一樣！……沒有……經驗。」

佐佐木紅著臉說，同時露出羞澀的神情。

沒、沒有……經驗……啥？

「所以……我們一樣對吧，槙島？」

「……對、對啊，的確是……一樣。」

「「…………」」

這傢伙為什麼要自白啦！

拜此之賜，氣氛變得更奇怪了不是嗎？

「不管怎麼想，妳都沒必要說出來吧！」

「因、因為！只讓槙島講出來未免太可憐了。」

「這種同情根本是多餘的！」

但是經過這半天，我好像多少能捕捉到佐佐木的為人了。

雖然很溫柔，卻意外地會耍些小聰明；心情會立刻浮現在臉上，有點像個孩子……還有，她異常地喜愛鬆餅。

知道她是綺羅星絢音時，還以為一定是個充滿領袖魅力的人物。但怎麼說呢？無論是從好的層面還是壞的層面來看，我的猜想都落空了。

「明明只是吃個鬆餅，卻比自主練習完還要累。」

與其說是疲勞，不如說是心累吧。

「欸，槙島，你等一下要做什麼？」

佐佐木詢問我之後的行程，於是我看了手機確認時間。

「下午一點了，我差不多該回學校。妳等等要做什麼？」

「嗯～那我也一起回學校好了？我得去圖書館找資料才行。」

「這樣啊。那就一起回去吧。」

我與佐佐木再次搭上電車，前往大學。

# 第三章　約定好的那場比賽。

「練習要加油唷。」

「哦~妳也是，報告加油哦。」

我在圖書館前與佐佐木分別，前往球場練習。

在前往球場的路上，我看見熟悉的天然捲垂頭喪氣地走著，便向對方搭了話。

「喲，阿崎。」

「……唔、哦，是你啊。」

他一臉無精打采的樣子，眼睛下方還有黑眼圈。

今天的阿崎很明顯沒有精神。

我看這傢伙應該還在為昨天的事糾結吧。

畢竟聯誼之後，他傳Lime跟我說：『我失敗了，沒能帶回家（哭）。』

「你是被藍原甩了在沮喪嗎？」

「那不是廢話嗎！告訴你！我昨天認真地再一次端詳了藍原同學的臉，發現她真的可愛得要命！還有很好聞的味道！胸部也超大！她肯定會當選高東小姐！嗚～好想把她帶回家睡啊——！」

「什、什麼帶回家睡？你這傢伙……存心只想做那檔事哦？」

「對啊，眼前有藍原同學這樣的極品在的話，其他女人都遜色掉了不是嗎？所以我還沒有放棄，絕對要把藍原同學變成我的女人！」

只要遇到跟女人有關的事，阿崎就會展現滿滿鬥志。

藍原以外都遜色掉……嗎。

你沒有看在眼裡的「佐佐木」這個女生，可是被世人譽為國寶級啊。

阿崎是用胸部大小判斷女生的嗎……？

「話說槙島你呢？跟那個沒人要的眼鏡黑口罩的女生後來怎樣了？」

「她叫佐佐木。」

「啊～對對，就是那個名字。」

這傢伙要是沒有足球的才能，絕對就只是個人渣而已。一般來說會忘記昨天才見過的人的名字嗎？

「所以後來呢？該不會其實帶回家睡了吧？」

「什麼都沒發生啦。昨天也在lime上說過了，我只是被她當成溜出聯誼的藉口而已。」

「噗！那種土裡土氣的女生也追不下來，你真是個十足的足球痴耶，槙島老弟。」

阿崎拍了拍我的肩膀，煩人地纏了上來。

「為了你這個足球痴，我會再辦場聯誼的啦！好好期待吧。」

「我就不用了。比起那個，把昨天的報酬——」

當我提到報酬的瞬間，阿崎彷彿要打斷我的話一般，將手搭到我的肩上。

「你累積太多壓力了啦，差不多也該找個能療癒自己的女人。關於足球的事也要放鬆一點啦。」

能夠療癒自己的女人。

『練習要加油唷。』

率先浮現於腦海中的，是佐佐木的臉……不、不對不對，我根本只會被佐佐木耍著玩啊。

「欸，槙島，要我告訴你為什麼我不惜拒絕職業邀約，也要進這所大學的理由嗎？」

「……啥？你是拒絕職業邀約來這所大學的嗎？我沒聽說過耶！」

「你想聽理由嗎？」

從入學前的練習開始，我就覺得阿崎比同年級的人技高一籌，卻沒想到他是拒絕高中畢業即加入球團的機會來到這裡的。

理由我當然會想知道啊……！

「告訴我吧，阿崎。」

「嗯……我啊……」

阿崎停下腳步，望向天際。

「想跟高東大學的高材生巨乳妹來一發啊——」

「啥？」

聽到比垃圾還渣的理由，我頓時啞口無言。

我發誓，絕對不再稱這傢伙為摯友了啦。

☆☆

午後的練習在多雲的天空下展開，以比賽形式為主。

為了備戰後天的比賽，全員都衝勁十足。為了被選為先發球員，這裡理應向教練展現自己才對——但是身為替補球員的我此時坐在板凳上，觀看在球場上跑跳的隊友們比賽。

長達四小時的紮實訓練結束。除了屬於先發組的阿崎之外，所有一年級生都要負責收拾用具。

負責清點用具的我確認完冷凍噴劑的數量後，為了確認足球的數量而看向球籃。

……奇怪，少一顆球。

這麼說來，比賽時擔任守門員的田中學長開手拋球（註：punt kick，守門員的開球方法之一。在禁區內以手拋球，並且在球落地前踢出長傳）之際，好像踢歪飛出去了耶。

要是球直接飛越入口，跑到外圍的道路就糟糕了。去看看有沒有卡在那一帶的排水溝裡吧。

「唉～……」

我勉為其難地憑著記憶，朝那個方向走去。

我用手機的手電筒一邊照亮連結外部與球場的校內馬路，一邊搜尋。

低著頭哼著歌的我找尋球的下落。走著走著，突然有道聲音呼喚我說：「槙島同學？」

我被呼喚而抬起頭，發現在我眼前的是藍原。

綁成側編髮的髮絲在風中搖曳，可以聞到柑橘類香水的芬芳。

「哦，是藍原啊。一天沒見了。」

她背著帆布托特包，應該是下了課正準備回家吧。跟聯誼時不同，藍原現在戴著眼鏡。

「你好啊，槙島同學。剛剛聽到你在哼歌，好像心情很好呢。遇到什麼好事了嗎？」

「沒啦，我心情也沒那麼好啦……哈哈哈。」

被聽到了啊……真難為情。

我害羞地笑了笑。這時藍原指著我的手機，歪著頭問道：

「你的手機的燈還開著唷，怎麼了嗎？練習應該已經結束了吧？」

「是結束了沒錯。可是少一顆球，我正在找它。」

「這樣很不妙耶！要是少一顆，不是會被學長他們罵嗎！要繞體育場跑一百圈，或是仰臥起坐一千下了！」

「我想應該不會有這麼嚴厲的處罰啦……」

「我也來幫忙吧！」

「這樣太不好意思了。妳正準備回家不是嗎？」

「沒關係。」

「可是……」

「沒問題，我很習慣找球。」

藍原絲毫不肯退讓。

既然她都這麼說了，就承蒙人家的好意吧。

於是我跟藍原一起點亮手機的手電筒，沿著排水溝走了起來。

「昨天在聯誼上聊天的時候我就在想了，藍原踢過足球嗎？」

「嗯，從小學到高中都在踢足球。」

「哦～我從國中才開始踢。妳踢得比我久耶。」

「嘻嘻……但是我踢不好，所以一直都坐板凳，連板凳都坐不上去的時候就是不斷在撿球，所以很擅長找球唷。」

藍原表現得很開朗，卻毫不隱諱地談起自己恐怕不願想起的過往。

「既然沒辦法出場比賽，妳沒想過要放棄足球嗎？」

「嗯，從來沒想過，因為我喜歡足球啊。無論有多麼辛苦，或是被不合理地對待，只要能踢足球，我覺得都沒關係哦。」

聽到藍原這樣說，讓我打從心底覺得她很厲害。

只憑著喜歡足球這個理由，無論遭遇多少不合理的狀況都能忍耐。我沒有她這樣的意志力。

甚至連自己是否喜歡足球都說不準。

國中的時候，我在朋友勸說下報名了職業球隊的U-15考試，從此開始了名為足球的「競爭」。

「我曾經夢想著，有朝一日要跟自己喜歡的御白選手一樣，當個厲害的前鋒（註：此處的前鋒並非只是Forward，而是特別指前鋒之中的Striker，此位置是可稱為「射手」的得分要角）。」

「御白……」

「別看我這樣，我可是踢前鋒（註：此處指的是一般的Forward，包含支援角色在內的前鋒總稱）的唷！不過我在正式比賽0進球，是個不中用的前鋒就是了。但我依然以御白選手為目標在努力。」

御白鷹斗——被譽為日本足球史上最高傑作的職業足球員，現年二十八歲，效力於西班牙的豪門隊伍「巴賽隆納足球俱樂部」，背號9號（註：以足球來說，擔任射手的選手一般會身穿9號球衣，隊伍的主將則多身穿10號球衣。另外，主將未必會擔任射手）。身為去年金球獎（註：原文為法語「Ballon d'Or」。是由法國雜誌《法國足球》所設立的年度世界最佳球員獎項）得主的他，是代表日本……不，是代表世界的王牌射手。

如同藍原的憧憬，我當然也景仰著他。但凡是日本的足球員，每個人都會以他為目標，御白就是這樣的選手。

「可是……最後我還是在高中時放棄踢球了。我也差不多想過過一般女生的生活，況且上大學以後，我還想尋找更多樂趣。足球不是只有親自踢才好玩，用看的也很開心，所以我已經不後悔了。」

「這、這樣啊……」

藍原的身材很好，甚至可愛得像阿崎那種輕浮男都無法視而不見，還聰明到能夠進入高東，所以我擅自以為她沒有付出什麼辛勞，就考進這所大學了。

佐佐木也好，藍原也罷，越是可愛的女生就越辛苦耶。

「呃，那個……抱歉！突然說起自己的事很令人反感吧！」

「不會啊。藍原很棒呢，很理解自己。」

「是……這樣嗎？」

「相較之下，我一直都摸不著頭緒。」

「槙島同學……」

能像藍原一樣痛快放棄足球的話，該有多麼輕鬆啊……

我曾有好幾次放棄的機會，卻怎樣都下不了決心，無法徹底捨棄當上職業選手的憧憬。

在高中時被貼上吊車尾標籤的我，怎麼可能當上職業選手嘛……

「呃，那個！我換個話題唷！」

或許是為了改變氣氛，藍原用比剛才還要開朗的聲音開始說道：

「昨天的聯誼你先回去了吧？發生了什麼事嗎？」

「咦？呃……那個……」

跟佐佐木兩個人溜出去的事，已經被在場所有人知道了，一旦要說明，勢必也得觸及佐佐木的話題。

「我、我跟佐佐木說過話，發現彼此的話題很對盤，所以覺得我們能處得很好……吧。」

我情急之下，想了個看似合理的理由。

「處得很好？是什麼話題讓你們處得很好？足球嗎？」

糟糕，我沒有針對這個問題想好藉口。

我為什麼會跟佐佐木處得很好？……不，我們根本處不來，一點都不意氣相投呀！

不知道是不是剛練習完的緣故，腦袋無法運轉。結果最後我得出的答案是：

「……保、保密。」

草率地矇混過去。

「哦～」

「……」

「……」

藍原對我投以懷疑的眼神。

「那個……如果我誤會了，先說聲對不起唷。槙島同學與佐佐木是——」

就在此時——

當手機燈光朝向圍繞球場的綠色鐵絲網下方的剎那，我發現卡在排水溝的球了。

「啊！找到了！就是這個！」

「太好了呢，槙島同學。」

「對啊。藍原，謝謝妳陪我找球。」

好險，就結論來說好像糊弄過去了。

向藍原道謝後，當場與她分別的我走在黑暗的夜路中回到球場，獨自勤奮練球。

☆☆

——比賽當天的清晨六點。

在鬧鐘響起的同時，我也醒來了。

「呼哈～已經六點了？」

我揉了揉睏倦的眼睛，矇朧的視野變得清晰了些。

奇怪？為什麼我會把鬧鐘設在這個時間來著？

第一節沒有課啊。而且我早就不當偶像了……

「……對了，今天有槙島的比賽。」

我從床上一躍而起，脫掉最近剛買到，讓我十分中意的毛茸茸睡衣，再按下熱水壺的開關，隨即前往浴室。

得快點準備好才行。

淋濕身體，洗好頭髮，接著，我拿起了兔子造型的沐浴海綿，把身體的每個角落都洗乾淨。

「洗澡水裝滿了沒呢～？」

沖洗掉全身的泡沫後，我瞄了一眼浴缸，確認熱水是否裝滿。

今天也剛好是五分鐘裝滿。我用高速自動注水功能放好洗澡水，投入了入浴劑，從腳尖開始緩緩進入浴缸。

「好暖和哦～……」

將肩膀泡入溫暖的浴缸裡，是我持續已久的早晨例行公事。

雖然我不擅長早起，但唯有這件事不可或缺。

泡澡暖和了身體後，心情也變得飄飄然。我開始漫不經心地看著從洗澡水中升起的水氣。

「槙島……在緊張嗎？」

我跟他約好了。

要是射門成功，就請他吃一頓豪華晚餐；要是沒有射門得分，他就要服從我的一個命令。

「晚餐的菜色已經想好了，所以沒問題。但如果他沒進球該怎麼辦？」

不管我說什麼，槙島都會……

要叫他做什麼事好呢～？

「放假時叫他陪我逛街提東西之類的嗎？啊！再讓他陪我去一次那間咖啡廳好像也不錯！反正舒芙蕾鬆餅很好吃嘛。」

……不過機會難得，選個能讓槙島放鬆一下的事情也不賴。

都努力到過度訓練了，還是徹底讓身體休息比較好。

「唔～嗯……算了，到時候再看心情決定吧。」

我從浴缸中緩緩起身，以浴巾擦拭身體，穿上藏青色的內衣，以及毛茸茸的居家服。用吹風機弄乾頭髮後，我吃了點早餐，然後一邊刷牙，一邊挑選今天要穿出門的衣服。

「穿哪件好呢～」

身為前偶像很麻煩，穿得太可愛會很顯眼。然而自尊不允許我穿太土氣的衣服。所以我想取個中間值，穿一套成熟休閒且氛圍穩重的衣服……

總之選擇黑色上衣，配上棕色細肩帶連身裙如何？

「嗯，就穿這套。」

決定好衣服後，我緊接著畫起妝。

就算細心畫了妝，到頭來依舊得戴口罩，人家也看不太到呀……不過比賽結束後可能會讓槙島看到，還是認真化妝吧。

一想到會被那傢伙說什麼「妳還是綺羅星絢音的時候比較可愛」，佐佐木絢音的尊嚴就難以接受。

「好，妝畫好了。現在還沒八點，可以慢慢過去。」

我哼著曲子，換上剛才決定的服裝，背起帆布托特包，走出公寓大廈。

☆☆

時間剛過八點。我抵達距離大學最近的火車站，再一次調整口罩與眼鏡，邁步前往球場。

我來到高東大學那規模頗大的足球場，此時觀眾席已經開放了。

「……咦？完全沒人耶。」

偶像時期的我只看過觀眾滿場的巨蛋。對我來說，這是難以置信的光景。

坐在這裡的人都是看似高東大學的相關人員或是來加油的人，觀眾席上空空如也。

都說是B組的比賽了，所以才會沒人來看嗎……

「要、要在哪裡看……才好啊？」

我在觀眾席上慌張踱步。此時突然有人從背後戳了戳我的肩膀。

啊，該不會是槙島？

「真是的，槙島，你不用擔心我，我也……」

當我回過頭，站在眼前的是……

「妳、妳是佐佐木？對嗎？」

「……啊，是藍原……同學啊。」

身穿花朵圖案的連身裙搭配牛仔外套的她，是個胸部頗為豐滿的女生——與我同一個研究室的藍原柚子。

「太好了。要是認錯人也未免太丟臉了～」

記得她之前說過自己到高中為止，一直都在踢足球。

「佐佐木也是來幫槙島同學加油嗎？」

她說「也」，也就是說她跟槙島有關係嗎？

那個男的先前說了那麼多，結果該不會打算對藍原出手吧？

總、總而言之，先試探看看好了。

「藍原呢？妳是被槙島邀請來的嗎？」

「咦？呃……不是那樣啦。」

嗯？不是槙島邀來的嗎……？

「我喜歡足球嘛。而且前天在回家路上跟槙島聊過天以後，就變得想幫他加油了。」

「這、這樣啊～（生硬）」

這個女生果然對槙島有意思……話說回來，她說的回家路上又是怎麼回事？

「佐佐木呢？妳是被槙島同學邀請來的嗎？」

「……呃，算吧？類似那種感覺。」

「哦～這樣啊。」

其、其實是我自己主動提出要來看比賽的，但感覺要是老實說出來，事情會變得很複雜……雖然意思有點不同，應該沒關係吧？

「那個……佐佐木，既然機會難得，我們一起看比賽吧。只有一個人讓我有點不安呢。」

「嗯，好哇。」

藍原帶我到可以眺望整座球場的中央位置。我們並肩而坐。

說真的，藍原在這裡實在幫了我大忙。

只有我一個人的話，就連要坐在哪個位置都不知道。況且我根本不懂足球，有她在太好了。

「槙島同學雖然是替補球員，可是我相信他下半場一定會上場的！」

「下、下半場……」

他的確說過「不管是先發還是替補上場，我絕對會進球給妳看」。但是真的沒問題嗎？

儘管提出這種約定激發他幹勁的是我，我卻開始有點憂心。

我看著球場。只見選手們走到場上，開始熱身。

那裡當然也有槙島的身影。他的眼神與平常不同，十分嚴肅，也讓我心中交織著期待與不安。

「槙島……」

與約定無關，我自己也不樂見你的努力得不到回報。

☆☆

結束賽前熱身，回到更衣室時，球隊經理已經為我們準備好球衣。

掛在櫃子上的是高東大學的傳統猩紅球衣。

肩膀上有條白線，胸口則是球衣的品牌標誌與高東大學校徽。

我的背號是——18，一般來說是準王牌穿的號碼。但是就我們學校來說，11以後的數字似乎是教練隨機決定的，沒什麼特別的意涵。

在隔壁櫃已經結束更衣的阿崎背號是10。他是B組的王牌，正趴在長椅上悠哉地滑手機。

「阿崎是先發吧？」

「嗯～？是又怎樣？」

「這麼悠哉好嗎？」

「沒事啦，才這點程度而已，不從容一點的話，將來可無法靠足球吃飯哦。」
「要是將來打算靠足球吃飯，高中畢業時去職業球隊不就好了？」
「囉唆耶。我也想要嚐嚐女人嘛！」
「噁心。」
這種人渣居然是我們的王牌……這世界完了。
「夠了，跟你這種糟糕的傢伙聊天真的會火大。」
「槙島啊～你別那麼冷淡嘛。」
我正想離開阿崎，此時教練進來更衣室。
「全體就坐。」
他是高東大學足球社B組的嶺井教練。
現年七十歲，長到能蓋住眼睛的白髮，以及多年留長的白鬍子是他的特徵。是個老練的教頭。
「今天要積極壓迫上去，後防線也不准退下。防線間的平衡交給中場，阿崎你來負責。」
「遵命～」
即使面對態度強硬的教練，阿崎依舊以平常的調調回答。

真是不知死活的傢伙。

五分鐘左右的會議結束後，眾人收拾起行李，走向球場。

我穿著從經理那邊拿到的綠色號碼背心，坐在長板凳上。

話說回來，佐佐木說過會來看比賽。

球場與觀眾席的距離很近，意外地可以看到坐在觀眾席上的人的臉。

我從板凳站起身，往觀眾席望過去，發現那裡坐著一個有著褐色的齊肩短髮，戴著黑色口罩的女生。

「她果然來了啊。」

我在佐佐木面前逞強，宣稱自己絕對會得分，卻在心中的某個角落懦弱地想著：「不想讓佐佐木看到。」

哨音響起，比賽開始了。

由各所大學的B組集結的循環賽來到了第三輪。高東大學對上駒込專商大學的一戰就此展開。

開賽初期，雙方都踢得很保守。但我方展開高位防守（註：指即使球權在對方腳下也不退防，盡可能在對方的半場爭奪球權，並施加壓迫），以阿崎為中心全隊壓上前踢出快節奏的比賽。高東大學逐漸掌握了比賽步調。

難以想像他到剛剛為止都在嬉皮笑臉地滑手機。阿崎只要站上賽場，就能讓人看見他專注且機靈的一面。

即使面對學長，他也能毫無懼色地給出明確的指示，還能狡詐地（註：葡萄牙語的聰明狡猾之意，此詞常出現於國際足球的賽評中）要到犯規。

比賽就這樣由高東大學以高持球率掌握球權，並多次創造進球機會。然而今天仍缺少了關鍵一擊。

阿崎有四次中距離射門，全隊合計踢出十一次射門，卻怎樣都無法穿越門柱（註：足球術語中，只要有將球朝球門的方向踢出，即使沒進球亦可稱作「射門（Shot）」），轉眼間便過了四十五分鐘。結果上半場以0比0作收。

進入中場休息，選手們暫時回到更衣室。我看到教練親自拿著白板，與阿崎說了些什麼。

身為替補選手的我幫忙球隊經理把擠壓式水壺發給選手們，同時觀察教練他們的狀況，但是總感覺有點不自然。他們頻頻將視線朝向我。

到底在談什麼啊？

過了一會，教練往我這裡走近。

「阿崎那傢伙開始耍任性了。」

「耍……耍任性？」

「槙島，下半場你上。」

我看向阿崎，發現他在笑。

這傢伙……那樣也行哦。

☆ ☆

第一次從開賽開始觀看足球比賽的我，睜大眼睛眺望著賽場。

比賽到目前為止都是由高東大學砰砰砰地踢著球跑，總覺得很無聊。比起賽場，我的目光反而落到在板凳後方暖身的槙島身上。

槙島確實為上場做了準備。

足球跟籃球不一樣，同一位球員好像不能多次替換上場。槙島會不會跟一如藍原所說的，在下半場出賽呢？嗯～說實在的，我也不是很懂規則，搞不太清楚比賽時不時暫停的原因（特別是那個叫「越位」的規則）。

上半場結束。正當我睜大著眼睛盯著球場時，藍原戳了戳我的肩膀。
「佐佐木很常看足球嗎？」
「嗯～偶爾吧？（『我在節目的攝影棚裡，看了一場高中足球錦標賽的決賽』這種事哪說得出口？）」
「這樣啊。那妳有喜歡的隊伍嗎？」
「咦？呃……」
我完全不認識什麼足球隊啊！
什麼都好，快擠出一個啊我……對、對了。
「星……星神學園……之類的……吧。」
「沒想到居然是高中足球的愛好者！妳很懂呢～」
「哈……哈哈哈……」
高中足球的愛好者是什麼？有「高中足球愛好者」這種群體嗎？
「……啊，原來如此！所以聯誼時才會跟槙島同學一起離開呀！」
「呃？」
為什麼現在還在講聯誼時的事？
「槙島同學不是星神學園畢業的嗎？他知道妳是星神的粉絲，才跟妳處得很好！是這樣吧？」

「……嗯～對啊，大概就是這樣。」

我們沒有處得多好就是了……反正先同意她吧。

「是哦，原來是這樣啊～前天呀，楨島同學說得意味深長，害我誤以為你們是什麼奇怪的關係。這樣啊，原來他跟妳也與足球有關聯呢。」

藍原一副得以接受的樣子附和著我。

從話題的進展來看，感覺應該算順利過關了？但是……楨島那傢伙到底對藍原「意味深長」地說了什麼啦！

「啊，下半場要開始了。」

「下半場？——咦！」

脫掉綠色的背心，身穿猩紅色球衣的18號球員現身了。

我的嘴角在口罩底下上揚。

我一直以來都是被人支持的腳色，所以不太清楚這種感覺。不過自己喜歡的偶像登上舞台時的興奮，想必與這種感覺很類似吧。

「楨島同學終於登場了呢。」

「嗯，對啊。」

槙島一邊與10號的捲捲頭說話，一邊踏入球場。

總覺得……跟平常的他氛圍不同。

修長的身體。

表情十分嚴肅，眼神比往常銳利，有點帥氣。

這就是整整三年來未曾在全國錦標賽的賽場上展翅過，便來到這所高東大學的槙島祐太郎——

「槙島，你要加油啊。」

☆☆

進入這所大學至今有過三場比賽，然而我是第二次出場。

在大學最初的比賽，我因為停球失敗而被對方發動高位逼搶（註：Short Counter。「高位」即為離敵方球門較近的位置，在高位搶到球後所發動的快速反擊，就是Short Counter。由於多會使用短傳搶攻，英文才會使用Short一詞）反擊失分，成了戰犯。

所以我今天絕對不能失誤。

中場休息結束。在湛藍的天空下，我回到了球場。

春風輕拂著草皮，映入眼簾的選手們散發著熱氣。

在後半場開始前，賽會宣布9號替換成18號。

「槙島。」

阿崎從後方接近，用下流的手勢摸了我的屁股。

「喂！別那麼噁心啦！」

「我猜你現在很緊張嘛。話說你可要感謝我這個摯友哦。」

在我心裡，你老早就從「摯友」降級到「人渣」嘍。

「要不是我跟教練央求，你現在只能在板凳上咬著大拇指看比賽唷。」

「那個……或許真的會那樣吧。」

「今天藍原同學不是來觀眾席了嗎？而且還有那個你之前從聯誼帶回家，戴黑口罩的……名字好像叫淺倉吧？」

「是佐佐木啦，你記憶力爛透了。」

「F罩杯以下的女生我記不起名字啦！」

「有夠失禮的欸。」

「總而言之！那個笹倉（註：笹倉的發音是「Sasakura」，開頭兩個字與「佐佐木Sasaki」同音。另外，淺倉的發音是「Asakura」）也來了，你就表現一下給人家看嘛。」

在這傢伙的心裡，足球只是耍帥的工具嗎……？

要說這樣很有阿崎的風格，也確實是如此。

「表現給人家看啊……」

我看向佐佐木。

或許發覺了我在看她吧，佐佐木也望向我，隨即豎起食指。

感覺大概是在對我說：「給我進個一分吧，傻瓜。」

「阿崎，我有事想拜託你，行嗎？」

「語氣突然那麼認真是怎樣？以負責搞笑的你來說還真難得耶。」

「你把搞笑跟吐槽搞錯了吧？負責搞笑的是你啦。」

「啥？什麼叫我負責搞笑！」

「別大聲嚷嚷，吵死了。」

「所以呢，你要拜託什麼？」

「情緒切換得也太快了吧？」

我清了清喉嚨，小聲地說：

「儘管把我當成前線的支點吧。無論是緊貼草地的地面球，還是輕飄飄的空中球都

好，總之我想在球門前決勝負。」

阿崎說了聲：「了解～」離開我身邊。

在焦躁與緊張交加的場地上，後半場開始的哨音響起，比賽由對手的開球再度展開。

我既沒有運氣，也沒有才能。

高中雖然進了足球強權星神學園，但是三年來，一次也無法站上全國錦標賽的賽場。

即使如此，我仍避免自甘墮落，持續努力，流下比他人更多的汗水，更流下等量的淚水。

結果，雖然沒有成為職業選手，但我得以考上大學足球的名門——高東大學。

在這所大學的四年間，對我來說就是進軍職業的最後機會。在這裡要是沒有一番作為，就會變得與高中時一樣了——

『為什麼槙島那種程度能當上星神的9號！』

『把王牌交給球技那麼爛的傢伙，星神也快完了吧。』

『別說全國優勝，連全國大賽都踢不進，太廢了吧。』

我已經不想再重複一次那三年的時光了……！

「阿崎！傳過來！」

「好的好的。嘿！」

我在敵方的中後衛（註：centre-back，是後衛的四種細分位置之一，一般負責在球門前清球解危）之間卡位。此時阿崎將球傳入我腳下。

在我停下球的瞬間，敵方戴著隊長臂章的中後衛隨即強硬地用身體壓迫而來。

「咕……」

雖然是二軍的比賽，但對方不愧是配戴隊長臂章的人，體幹很強固。

「槙島～別勉強啊～」

在我跟對方爭球之際，後方的阿崎慢吞吞地上到前場。

竟然說得一副事不關己的樣子。

「阿崎！」

我將球回傳給他，自己也向前推進。

「站位不錯哦，槙島。」

接到球的阿崎將球盤帶往右邊路，閃過了一個又一個防守球員。

我則往阿崎的反方向，也就是左邊路跑去，藉由斜對角（diagonal）跑動，一邊分散對方的盯防，一邊在門前創造自己的空間。

加入社團只有幾週而已，但總是跟我在一起的你，應該能共享同一個意象吧。

來吧，阿崎，把球傳到這裡！

察覺到我的意圖，阿崎放慢盤球的節奏，舉起右腳準備踢球。

「他要傳中了！守好近柱跟遠柱（註：離持球球員較近的門柱為近柱，另一側即為遠柱）！」

明明隔著一段距離，看不到我才對，卻感覺阿崎眼裡似乎只有我的存在。

球——要來了！

精準的傳中球從阿崎的右腳傳至球門前方。

球朝著我的頭頂飛了過來。

阿崎那傢伙，也傳得太準了吧？

「喂！遠柱那邊18號沒人守！」

這是我跟阿崎在自主訓練時練就的高位逼搶快速反擊。

由他從邊路盤帶切入，就那樣讓防守球員專注於他的侵襲，我則趁著空檔以斜對角跑動，潛入中後衛的背後。

沒想到他們這麼簡單就中計了。

謝啦，阿崎……果然我能相信的就是你這個摯友啊。

就這樣用頭槌破門——

我的視線追向從右方飛來的球，此時視野中突然闖入了白色的掠影。

咚！伴隨著一聲沉悶的鈍響，球從守門員的手中穿越而去，進入球門之中。

這是我……在大學首次進球……

「太好啦……啊？」

確認進球的同時，我只覺得頭部悶痛不已。

腦袋莫名沉重，視線開始搖搖晃晃。

這是怎樣？感覺一陣反胃……

我隨即環視四周，發現現場異常騷亂。

也……也對，我都得分了，大家會鬧起來也很正常。但是——總覺得不太對勁。

我不經意地看向腳邊，只見綠色的草皮被紅色的某種東西弄髒了。

「槙島！喂！快叫急救組過來！」

阿崎？表情那麼嚴肅是在幹嘛啦？

比起那些，我可是進球嘍——

奇怪？意識……離我越來越遠——

# 第四章　病房中的三角關係。

「嗯……？這裡是……？」

睜開眼睛，看到的是洞石花紋（註：一種石灰岩，形成時會有許多小氣泡，造成岩體有許多小洞。洞石花紋的天花板也仿造了那些小洞，具有吸音效果，因此日本常將此材料用於醫院等公共區域）的天花板。周圍被白色的簾幕圍住，舒適的風從一旁的窗戶吹了進來。

我剛剛……在做什麼來著？

頭部感覺有些異樣，於是我伸手一碰，發現上頭被類似粗糙繃帶的東西包裹著，肩膀上則蓋著足球社的運動外套。

「……球、球賽怎麼樣了！」

「呀！」

在我起身的同時，一如往常地變裝過的佐佐木剛好拉開簾幕，走了進來。

「佐佐木……？為什麼妳？」

「槙島！太好了！」

佐佐木發現我醒了過來，立刻像件肚兜似的往我的腹部環抱上來。

「我好擔心你！」

因為抱過來時的慣性，佐佐木的眼鏡掉到地板上。

她雙眼含淚，朝上瞟著我。

「那個……雖然我不知道發生什麼事，但是抱歉哦。」

總之我先道歉了，卻依舊沒能理解狀況。

記得下半場我被派上場，跟阿崎進行小組短傳（註：二三人左右的少人數合作，以短距離傳球閃避對方球員的戰術），來到門前。

然後做了個魚躍頭槌（註：用飛撲的方式進行的頭槌。球員起跳後常常全身趴倒在地，因此受傷風險較大）——？

「我該不會撞到門柱了吧？」

佐佐木大力點了點頭。

這麼說來，當時我在草地上看見鮮血，之後就失去意識了。

「我是因為撞到門柱而出血，所以才纏上繃帶的嗎？我感覺不太到疼痛，我有撞得那麼重嗎？」

「沒有，那個是……」

根據佐佐木所言，我似乎是因為頭部撞到門柱而引發腦震盪，流血則是我與對方的守門員碰撞造成的。

撞到門柱後的事，我想不太起來了，但是被用擔架抬出去時，我好像還有回應大家「我沒事，我沒事」的樣子。

因為做了止血處理，出血已經停止了。我被送到高東大學醫院後還照了腦部ＣＴ（註：電腦斷層攝影）進行診斷，結果似乎沒有異樣。

聽說今天就可以出院了。不過後遺症可能過幾天才會出現，所以必須暫時在家裡好好靜養才行。

「口會渴嗎？」

「嗯，有點渴。」

「那我去買些東西來唷。還有，藍原同學也來了，先跟你說一聲。」

「呃、哦，謝啦。」

所以藍原也有來看比賽啊。

讓大家擔心我，感覺實在很過意不去。

佐佐木走出簾幕後過了一會，就像交班一樣，藍原從簾幕外探頭進來。

「早、早安呀～可以這樣說嗎？」

她用溫柔的聲音一邊搞笑，一邊走了進來。

因為風有點強，她在坐上病床左邊的椅子之前，先幫我稍微關上了窗戶。

「身體還好嗎？頭會不會痛？」

「沒問題啦。話說連妳都來真是不好意思。都怪我受傷，害妳跑一趟。」

「怎麼這麼說！不用介意啦。」

起初擔心地看著我的藍原，以柔和的表情回答道。

「那是一記很厲害的射門唷，是宛如用意志力將球頂進去般的進球呢。」

「妳過獎了啦。話說比賽結果如何？」

「贏嘍。之後阿崎上演帽子戲法（註：意即同一名選手獨得三分。此說法源於馬戲團的雜耍演員同時操弄三頂帽子的技巧），四比〇完勝。」

阿崎那傢伙完成帽子戲法了啊。

還真是漂亮地表現給藍原看了呢。

「阿崎得了三分……也就是說我白受傷了啊。」

「沒、沒那回事！槙島同學的進球迫使對方必須得分，所以他們全都壓上前進攻。如果沒有那一分……！」

「藍原好了好了，這裡是醫院。」

用雙手摀住嘴巴的藍原環顧周遭，害羞地笑了。
看來她是一旦沉迷就會忘我的類型呢。
「妳真的很喜歡足球耶。」
「那是當然的！楨島同學也很喜歡足球不是嗎？」
被她這麼一問，我遲疑了。
之前她這麼說的時候，我也對這句話有些介懷。
我是因為喜歡足球，才會持續踢到大學嗎？
不。我是為了成為職業選手才踢球的……
「……我是……」
「楨島同學？」
「我想，我說不定討厭足球。」
「咦……？」
「從國中開始，我就把成為職業選手當成目的，為了留下成果而踢球。好比今天，我執迷於成績，一味追求結果，才會踢得那麼魯莽……」
「才不是這樣——」
藍原握住我的手，對我投以嚴肅的眼神。

「正是因為你喜歡足球，才能一心追著球跑，完成射門。要是只為追求成果的選手，反而不會那麼拚命才對。」

她沒有別開目光，持續注視我的雙眼。

「槙島同學，你是真的很喜歡足球——」

聽到她這麼說的瞬間，我的臉頰發燙，緊接著，豆大的淚珠從眼眶流下。

流過臉頰的淚水炙熱得不得了。

回想起來，這其實是件單純的事情。

我在U-15的考核落榜。之後升上高中，卻沒能留下眾所期待的成果，結果被周遭的人看不起。至今的一切只有辛酸，但我依舊沒有放棄足球。

「原來我一直都喜歡……踢足球啊。」

藍原默默地輕撫著我的背。

這份心情與今天的悔恨參雜在一起，我壓抑著聲音大哭了一場。

☆☆

「嗯～槙島都喝什麼啊？」

來買飲料的我，在自動販賣機前苦惱著。

碳酸飲料絕對免談。既然他在頭痛，熱的飲料會不會好一點？但是今天很暖和——

「喂～小妞，可以快一點嗎？」

背後驀地傳來了低沉而響亮的嗓音。

「抱、抱歉……！」

突然被後面的人催促而急躁起來的我，不小心按到「紅豆年糕湯」的按鈕。

「小妞的品味還真特別～這年頭會在自動販賣機買紅豆年糕湯的人，我還是第一次看到呢。」

「……因、因為我喜歡喝嘛。」

紅豆年糕湯哐啷一聲滾下，我從自動販賣機中取出了熱呼呼的罐子。

「妳還真是有趣呀～」

都是你這個大叔跟我搭話啦！

我用埋怨的眼神看向這位大叔，瞬間有股不知名的既視感襲來。

皺巴巴的外套與慵懶的眼神。

好像在哪裡見過這個大叔耶。

大叔將掛在頭上的太陽眼鏡拉下來遮住眼睛，然後一邊摸著沒刮乾淨的鬍子，一邊挑選飲料。

很難想像這麼粗野的人會在演藝圈，應該是我的錯覺吧。

槙島還在等我，於是我一邊思考一邊抱著飲料，回到病房。

藍原想要紅茶，我則選了綠茶，最稀有的紅豆年糕湯就決定給槙島喝吧。

槙島的病床在窗邊。當我將手搭在窗邊的簾幕之際，裡頭的兩位剛好在說話的樣子，所以我停下了手。

「槙島同學，你是真的很喜歡足球——」

在藍原如此說道的當下，裡面傳來了吸鼻子的聲音。

我偷偷往簾幕內看去，映入眼簾的是痛哭流涕的槙島，以及溫柔地安慰他的藍原。

槙島……在哭嗎？

由於事情發生得太突然，我連忙遠離簾幕。

不管怎麼想，現在都不能進去。

我懷著複雜的心情，暫且退出了病房。

沒想到槙島會將自己的內心展現出來……

在我面前的話，他一定不會讓我看到那種表情吧。

在藍原面前卻會表露自己的內在——

「這種心情……我還是第一次。」

不再當偶像以後，我從未嫉妒某人或是羨慕他人。

現在的我的上進心就是如此枯竭。

然而在我成功與憧憬已久的槙島相遇之後，想待在他身邊的心情越來越茁壯。

所以說，若要詮釋這個心情，毫無疑問——就是嫉妒。

我現在很嫉妒藍原。

在傷心的槙島身邊的人不是我。

這個事實刺痛著我的心，痛到隨時都會流下淚水。

「……我不想輸。」

槙島身邊的位置，我絕對不會讓出去。

☆☆

「抱歉，藍原……我……」

「哭出來沒關係哦，現在只有我在嘛。」

看著不甘咬牙的槙島，連我也不禁快流下眼淚。

我自然而然地輕輕撫摸起他的背。

他的背部比我想像的還要寬大，讓我意識到看上去體態修長的槙島同學，真的是個男孩子。

我還在踢足球的時候也常常哭泣。

無論喜愛足球的心情有多深，我從以前就不太擅長運動。

從小學開始，除了消化比賽（註：意指無關晉級結果的比賽。在需要累積計分的循環賽中，在積分上已確定晉級或淘汰的隊伍所進行的比賽無論勝敗與否，皆不影響晉級結果，造成該比賽只是為了進行而進行，因此稱為消化比賽）之外，我幾乎沒有被選為先發球員過。

猶如要加速這個狀況般，我在國中時期只有胸部大幅成長，保持運動員該有的身體曲線變得十分困難。

曾幾何時，我開始察覺到周遭的視線變得十分下流，喜歡的足球，也在高中在學期間就放棄了。

從那天以後，我開始過著只有念書的生活。

無聊的，唯有備考的黑白日常。

儘管有所成果，我得以進入東京最難考的私立學校——高東大學……卻沒有多開心。

就在那時，大學學校餐廳裡的大螢幕上播放著足球比賽，我被那場比賽奪去了目光。

他是在下半場中途上陣的18號選手。即使因為自己的失誤而失分，依舊毫無懼色地退到中場背對球門奮鬥——那個18號的身影吸引了我。

他那即使失敗仍不逃避的身姿，在某方面打動了——曾逃離足球的——我的心。

自那天起，我開始將自己的形象與槙島同學重疊在一起。

我認為槙島同學——就是我想成為的理想形象。

「怎麼樣？哭過以後心情有平靜點了嗎？」

「……嗯，舒暢多了。」

槙島同學用面紙擦去眼淚，露出笑容回答道。

「感覺好像每次都讓妳看到難堪的一面耶。」

「才沒有這種事呢！我覺得你失敗以後，一直都有所成長。」

「是嗎？」

「嗯！跟阿崎同學小組配合之際，槙島同學展現了背身站位。之前就是這個技巧失誤成為比賽的敗因，但今天不是贏了嗎！」
我一誇獎槙島同學，他立刻淺顯易懂地咧嘴一笑。
如果這樣能讓他打起精神就好了。
「藍原，謝謝妳。以後也——」
「好的～打擾了～」
唰～！耳邊傳來簾幕被拉開的聲音，戴著黑色口罩並掛著眼鏡的佐佐木走了進來。
方才去買飲料的佐佐木把紅茶交給我，然後不知為何給槙島同學一罐紅豆年糕湯。
「喂，佐佐木，為什麼要給我喝紅豆年糕湯啦？」
「東西都買了，沒辦法啊。」
「什麼叫『都買了』？妳要是覺得我很可憐，就拿自己的飲料跟我交換啊。快點把妳的綠茶交出來！」
「不要！你是病人耶，喝紅豆年糕湯暖暖身體啦。」
「妳在開玩笑嗎？」
像是在講夫妻相聲般，佐佐木跟槙島同學看似相當親近，開始鬥嘴了起來。
據說他們在聯誼時因為星神學園的話題而意氣相投……但是前些日子才認識而已，感覺他們走得很近。

「那個……紅豆年糕湯給我吧？這個紅茶給妳，把綠茶給槙島同學怎麼樣？」

「但妳沒必要勉強——」

「沒關係沒關係。」

我從槙島同學手上拿走紅豆年糕湯，再把紅茶交給佐佐木。

「佐佐木，妳也跟藍原一樣變得成熟點如何？」

「少囉唆。」

與跟伊澤研究會的朋友們在一起的時候相比，佐佐木跟槙島同學說話時給人的印象相當不同。

這兩人該不會……

「槙島同學。」

「怎麼了？妳果然不想喝紅豆年糕湯嗎？」

「不……不是這件事情啦。」

雖然不確定這件事情能不能問就是了。

「你們兩位在交——」

「槙島——！你還活著吧——！」

比賽結束，身穿運動夾克與球衣的阿崎同學從簾幕外衝了進來。
今天登場時機不對的人有點太多了的樣子。
「白痴哦阿崎！這裡是醫院。」
「哎呀不好意思。比起這點……啊，沒想到藍原同學也在……這還是聯誼後初次見面呢。」
阿崎同學改變了口吻，朝我伸出手。
「專程來探望我們家不成材的槙島，妳真是溫柔呀。等等與我一同用餐如何？」
我、我果然不擅長應對阿崎同學耶。
我強作笑容，同時把紅豆年糕湯收進包包裡提著，站起身來。
「那麼槙島，你要保重唷。」
「哦、嗯，各方面都謝謝妳了，藍原。」
雖然還想再跟槙島同學多說一點話……但是算了。
之後，我無視追上來的阿崎同學，離開了醫院。

☆
☆

藍原一走出去，阿崎那個白痴立刻說：「我去送藍原同學，拜啦！槙島！」也跟著離開醫院。

「那個澎澎頭男好噁心，我討厭他。」

「同感。我最近在考慮要不要跟那傢伙絕交。」

比起足球，阿崎好像更擁有被人討厭的才能。

猶如暴風雨般的男人離開後，靜謐回到了病房。

球場上那湛藍清澈的天空，眼下已經完全變成晚霞。

「好啦，也不能一直待在這裡，差不多該回去了。能幫我請護理師來嗎？」

「了解，我去叫人家來唷。」

請佐佐木去叫護理師後，我開始收拾，準備回家。

此時，一名中年男子拉開了我的病床簾幕。

他戴著漆黑的太陽眼鏡，圍脖拉到鼻子的高度，完全看不到他的真面目。

這……這個大叔是誰啊？搞錯要去的病房了嗎？

「那個……這裡是我的病床哦？」

大叔無視我，從懷中掏出一封神祕的信放在桌上，隨即瀟灑地離開此處。

剛剛的人是……是怎樣啦？還有這封……白色的信又是……？

我心想「這也許是基於某種誤會才放在這裡的」，卻仍戰戰兢兢地打開信看看。

『敬啟者，槙島祐太郎先生。你衝撞門柱卻依然成功進球，奮不顧身讓我非常擔心，另一方面卻也十分寬心。我是個被你痛恨也理所當然的人物。星神無法在那三年出場全國大賽，問題並非出在身為王牌的你，而是我這個教練的責任。未能將這點轉達給你便辭去教職，讓我後悔不已，才寫了這封信。我現在效力於東京拓荒者隊的教練團。槙島祐太郎，我渴望有朝一日能與你共事，能將我的夢想託付給你嗎——？』

讀完信的我立刻抱起行李奔出病房，卻已經看不到那個人的身影。

「……為什麼什麼都不說就……」

我獨自呆站在走廊上，看往樓梯的方向。此時佐佐木回來了。

「槙島，護理師說可以回去了。」

「……」

「槙島～？」

「哦，嗯！好，那我們回去吧。」

我偷偷收起手中的信紙，不讓佐佐木看到。

……之所以能有現在的我，都是多虧了那個人。

因此，我想再一次回應他的期待。

「嘿咻！」

佐佐木一把搶過我拿著的單肩背包，背在自己肩上。

「欸，佐佐木，那是我的背包。」

「我跟你一起回去。」

「一……一起回去……要去哪裡？」

「你住的公寓。」

「啥？」

「意思是今天晚上……我會破例……去照顧你的生活起居啦。」

什麼？？？？

# 第五章　共度一晚的居家約會突如其來。

我與佐佐木拿著行李，回到我住的公寓。
打開房間的門鎖之前，我先深呼吸了一次。
「妳還是等我三分鐘左右好了，我想打掃一下。」
「什麼？該不會有什麼不想被我看到的東西吧？」
「……還……真的有。」
話音剛落，我手中的鑰匙隨即消失，轉眼間大門就被打開了。
「打擾嘍～」
佐佐木像個要惡作劇的小孩般壞笑著，打算擅自闖進房間裡。
「妳啊！給我等一下！」
我拚命伸手要抓住佐佐木的衣服，但她以超群的反應力躲過我的手，進入房內。
我……我的個人隱私……沒了。
我抱著頭，跪倒在玄關前。

「真是的，反正不過是色色的書嘛～啊，這本用書套包著的書就是了吧？」

一臉興奮的佐佐木將手伸向放在床上的書本——啊！

「佐佐木，那本不行！」

那個被看到的話就糟糕了——

我立刻上前阻止她——卻為時已晚。

先一步進入房間的佐佐木早已將書本的書套拆掉。

「——咦？」

太遲了嗎？

相對於愕然失色、面色鐵青的我，佐佐木的臉頰染上了紅暈。

「這是……什麼……？」

「不是那樣的，佐佐木。那是……」

「這不是我的寫真集嗎！」

因為佐佐木突然闖進房間，我昨天為了（佯裝）祈禱勝利而買的綺羅星絢音寫真集，就這樣被她給發現了。

佐佐木翻開書本，書頁中的綺羅星絢音身穿黑色比基尼坐在游泳圈上，吸著熱帶水果汁。佐佐木拿掉一直配戴著的眼鏡與口罩，露出不高興的表情。

「為什麼要買我的寫真集？」

「……我想說比賽前買一本綺羅星絢音的寫真集的話，感覺會得到保佑。」

「你絕對在說謊！」

「才……才沒有說謊！」

我從佐佐木手中搶回寫真集，收到書架上。

完全沒想到會有這種發展，太大意了。

「拜託了，佐佐木。雖然已經來不及了，但求妳當作沒看見吧。」

「不行。」

「我可不是懷著猥褻的心思買的！只是那個……基於好奇而已。該怎麼說呢，昨天剛好看到書店裡有擺，就買下去了。」

「話突然變那麼多，更可疑了。」

佐佐木雙手交叉抱胸，用冰冷的視線盯著我。

「眼前明明就有本尊，為什麼還要買這種東西！」

「因……因為……」

「沒什麼好因為的！」

「像……像妳這種！當過偶像又可愛的人在身邊的話！一……一般來說……不是會讓人在意起現役時期的寫真集之類的東西嗎！」

「……你這話是認真的？」

佐佐木的嗓音驟變，音色中飽含惱怒。

我、我到底……在說什麼……對已經引退的佐佐木談及綺羅星偶像時期的事是禁忌吧。

「抱、抱歉！我不是那個意思——」

佐佐木不發一語地往玄關走去。

我讓她發飆了……吧？

佐佐木生氣要回去了……正當我如此認為時——

「嘿咻！」

佐佐木拎起我掉在玄關前的單肩背包，拿進房間裡。

「給你。我現在要做飯了，你稍等一會。」

佐佐木指著房間，站在位於走廊的廚房前說道。

「妳……妳沒有……生氣嗎？」

「我的年紀比你大嘛。而且不管你用我的寫真集做什麼……我都不會生氣。」

她泰然自若地答道。

『你是用那種目光看待我的嗎？噁心死了！』還以為她會像這樣勃然大怒……她意外地有著成熟的一面嘛。

我聽從佐佐木的話回到房間，在小茶几前坐了下來。

「欸，槙島。」

廚房傳來佐佐木呼喚我的聲音。

「你覺得我……可愛嗎？」

「那……那當然。我從來沒看過比（國寶級的）妳可愛的人啊。」

廚房傳出哐啷聲，是某個東西掉下來的聲響。

「妳沒事吧！佐佐木！」

「沒……沒事沒事！只是稍微手滑了一下而已啦。」

「我還是去幫妳好了？」

「就說沒事了！傷患給我坐著等就好！」

就算妳這樣說……

擔心起佐佐木的我悄悄地往廚房探出頭，只見廚房中的她笑得合不攏嘴，一邊削著馬鈴薯皮。

她有那麼喜歡幫蔬果削皮嗎？

感覺向她搭話就會出事情，我於是默默地回到房間裡。

「……對了，趁現在藏一藏好了。」

我心想佐佐木煮飯的期間是個好機會，便開始把房間裡見不得人的東西（別有深意）換到別的地方。

幸好剛才是隨手放在床上的「綺羅星絢音寫真集」成為犧牲品，吸引了佐佐木的目光。不過在那張床下還有連道出名字都讓人忌憚的「那個」，要是被發現了，絕對會像那次在咖啡廳時一樣被她賞巴掌。

謝啦，綺羅星絢音。多虧有妳，我不會被綺羅星絢音賞巴掌了。

我把「那個」換了位置，老老實實地坐著等待。廚房飄來了很好聞的味道。

我還是第一次吃女生親手煮的飯呢。

佐佐木（雖然當過偶像）確實是個女孩子，很擅長料理之類的事嗎？

話說回來，她剛才打算用菜刀削蔬果的皮耶……應該告訴她削皮刀的位置比較好吧？要是因為菜刀而讓手指受傷就不好了。

「佐佐木！削皮刀掛在洗手台旁邊唷！」

「好～我知道～」

等等……不是只有菜刀。假如她因為熱騰騰的鍋子燙傷……

「佐佐木！不可以碰燒熱的鍋子唷！」

「啥？怎麼可能去碰啦。」

不，還有──

裝盤的時候，可能會一不小心沒拿穩鍋子的把手。

「佐佐木！鍋子要拿好──」

「真是的，你從剛才開始就怎麼了！」

不高興的佐佐木拿著湯勺從廚房現身。

「別擔心得像個過度保護的父母啊！」

「因……因為……」

「不要把人家當小孩！」

她氣沖沖地回到了廚房。

說得也對，佐佐木的確有好好地獨自生活著啊。
愛操心的壞習慣不小心跑出來了，我得反省才行。
之後，我去看了廚房的狀況好幾次，可是每次都會被她罵，最後還是決定乖乖在房間裡等待。
——等了一個小時……
「槙島～煮好了唷～」
看似心情極佳的佐佐木，一道接一道地將完成的料理端了進來。
「哦……！」
馬鈴薯沙拉與蔬菜濃湯，以及義大利肉醬麵。
房間內又破又小的茶几上，擺放著與之形象不符的西式料理。
「看起來有夠好吃的。」
「我是用冰箱裡現有的東西快速做出來的，不是什麼複雜的料理……不過畢竟你按照約定進球了，所以我也認真煮了一頓。」
「約好的晚餐原來是指妳親手煮的飯啊。」
「嗯，我很擅長料理嘛。」
佐佐木害羞地說道，然後催促我：「好了，快吃吧。」

每一道看起來都很好吃。

我拿起叉子，首先品嚐了馬鈴薯沙拉，再吃義大利麵。

「好好吃，超級好吃的！」

「對吧～」

「因為是妳做的，我想像的是只有賣相好看，吃起來很那個的東西耶。」

「現在就算我不小心手滑，把這支叉子刺進你身體，也不會有人看見唷。可以刺吧……？」

「非、非常對不起。」

佐佐木放下她抄起的叉子，再度繼續享用餐點。

好險～肉醬差點就要因為我的血變得更紅了。

「要吃的話還有哦。」

「哦。」

「每道菜都做了五人份，不用客氣唷。」

「……咦？」

這傢伙剛剛……說了什麼？

她剛才是說了五人份之類的嗎？

佐佐木站起身，從廚房依序拿了鍋子、大盤子、碗公過來。

「楨島是男生嘛，得多吃一點才行呀。」

碗公中滿是馬鈴薯沙拉，鍋子裡裝著滿滿的蔬菜濃湯，大盤子上則有跟山一樣高的義大利肉醬麵……

喂，這實在……太多了吧。

「啊，我幫你再盛一盤義大利麵可以嗎？」

「哦，oh……」

光看到這些預留的分量，我的肚子就已經飽了。但我驅使自男校時期鍛鍊出來的胃袋，好不容易才吃得精光。

☆☆

因為我吃得一乾二淨，佐佐木從剛才就一副很滿意的樣子。

相反的，吃過頭而不舒服的我數著天花板的汙漬，等待吃下去的東西消化掉。

「居然會因為我的料理太好吃而吃太多，楨島也是有可愛的地方嘛。」

佐佐木從剛才就一直在戳弄我膨脹起來的肚子。

被凝膠指甲戳到其實挺痛的，真希望她可以停下來。

「碗盤我等一下會洗。不好意思哦，佐佐木，今天讓妳擔心了。我明天會再跟妳聯絡，妳可以回──」

正當我打算起身之際，佐佐木抓住我的肩膀說道：

「我今晚打算住你家哦。」

「啥？」

我詫異不已，差點就讓什錦麵糊（嘔吐物）從嘴巴噴飛而出，只得死命地以手摀嘴忍了下來。

「妳、妳說！妳要住下來？」

「嗯。」

「住在我的房間裡？」

「嗯。」

她點了點頭，彷彿在說「這不是當然的嗎？」

「你……不同意嗎？」

一旁的佐佐木背靠床邊，表情變得有些寂寥。

「我很擔心槙島呀。要是你在半夜突然有什麼異狀就糟糕了嘛。」

「在談論這件事之前，照理說妳不會喜歡睡在我的房間吧！」

「我更不喜歡你有什麼三長兩短！」

「佐、佐佐木……」

不……不對不對！跟……跟那個綺羅星絢音睡在同一個房間，實在不太妥當吧！

我可不希望鼾聲被她聽見，讓她覺得噁心耶……

……但我也不能糟蹋佐佐木的好意。

佐佐木不過是擔心我的傷勢才會住下來的。

我們應該不會發展成更親密的關係……才對吧？

「我、我知道了。既然妳都這麼說了……」

「所以我可以住下來嗎？」

「呃、嗯。」

見我點頭同意，佐佐木立刻露出一如往常的燦爛笑容。

為什麼她會這麼高興啦？

「那麼～雖然還有點早……」

「怎麼了？」

佐佐木將指尖抵在一起，扭扭捏捏地說：

「要去洗澡嗎？」

「洗澡……？」

「嗯，我跟你一起洗。」

跟佐佐木一起洗……她是這樣說的？

——妄想突如其來地在腦中播放了起來。

我踏入水氣氤氳的浴室之中，後背突然被凝膠指甲戳了兩下。

回頭一望，只見綺羅星絢音站在那裡。

『欸，槙島。我們一起……洗澡吧？』

綺羅星絢音在浴室前捲起上衣，可以稍微看見她的肚臍。

我急忙別開視線。

然而脫衣服的摩擦聲搔弄著我的耳朵。

『已經……可以了。』

我聽從綺羅星的呼喚而回過頭，映入眼簾的是只用一條浴巾遮蔽身體的她。

『槙島你呢……？』

她撩起髮絲，對我吐了吐舌頭，勾引著我——

「喂！想這什麼荒唐的事啊我！」

「槙島？」

都怪我昨天看了綺羅星絢音的寫真集，輕易就能妄想出奇怪的畫面了……

畢竟佐佐木即將住下來過夜，這可是大忌啊。

「妳不能跟我一起洗澡啦！」

「可是……常聽到有人洗澡時突然猝死，我想說你一個人洗太危險了。」

「不、不用擔心我！要是有狀況我會在浴室呼叫妳。況且跟妳一起洗澡什麼的……再怎麼說，我們都是異性……」

「啊～沒問題的，我會穿著衣服洗。」

……咦？

「穿著……衣服？」

「我不會脫衣服啦，這樣總行了吧？」

原來如此……那、那麼她就不會一絲不掛了吧？

「哎呀～？你該不會以為我會脫光光進去吧～？好好笑哦～」

她一開始就打算捉弄我，才會主動提出這件事吧？

那我也堂堂正正地反擊妳。

佐佐木哧哧笑著。我突然牢牢抓著她的雙肩不放。

「咦？等等，槙島？你想幹嘛？」

「……對，我就是這麼以為的。」

「咦？」

「畢竟佐佐木的年紀比我還大嘛！所以我以為妳就算跟我一起洗，也會光明正大地脫光光啊！妳有什麼意見嗎？」

聽我加強語氣，滔滔不絕地這麼說，佐佐木嘴唇顫抖，紅著臉大喊一聲：「啥～！」

「槙、槙、槙島你這個變態！我、我怎麼可能脫光光跟你洗澡啊！色鬼！」

「哎呀？怎麼啦佐佐木？妳不是年紀比我大嗎？看妳好像很慌張嘛？」

「才沒有慌張呢！」

成功反擊捉弄到佐佐木的我，在進入浴室之前，先從櫃子裡拿出毛巾與替換的衣物。

雖然佐佐木說要穿著衣服洗澡，但是與她一起洗讓我惴惴不安，擔心各方面會不會出問題……不過只要我三兩下洗完澡，馬上出浴就沒事了吧。

「所以呢？妳說要穿著衣服洗澡，是打算穿身上那套嗎？」

「怎麼可能？你把女生的衣服當什麼了？」

「對、對不起。」

為什麼我要被她罵啊？

「洗澡前我會先換衣服，你借我一套弄濕也沒關係的衣服吧。」

這傢伙未免也太自由奔放了吧。

我無可奈何地從抽屜深處拉出沉眠已久的高中時代訓練服全套，借給了佐佐木。

「嗅嗅……這件衣服有槙島的味道。」

「那是當然的吧？畢竟是穿了三年的訓練服啊。」

只要看見這套訓練服，就會讓人想起那地獄般的三年時光，所以我一直想著引退以後要立刻丟掉。不過……結果我還是丟不下手，甚至把它帶來東京了。

到底為什麼啊？真是的。

「咦？星神的球衣是黑色的吧？訓練服是白色的嗎？」

「對啊，訓練服的顏色相反……嗯？為什麼佐佐木知道星神學園的事啊？」

「那、那是因為……我是全國錦標賽的官方經理，當然會知道呀！」

「妳擔任官方經理的那年，我們沒有在全國錦標賽出場耶。」

「……我、我在錦標賽預賽前就去採訪過知名高中的教練了，就是那時知道的！」

「那你採訪過的星神教練叫什麼名字？」

「呃，那個……」

佐佐木看起來一副想不出答案的樣子，目光不斷游移。

果然不知道嘛。

這麼一來，為什麼佐佐木會知道星神的事——

「岸！岸原……岸原教練對不對？」

「哦，答對了。真虧妳能記得。」

「還、還好啦。我對記憶力很有自信嘛。」

岸原教練是多次帶領星神學園到全國大賽的名將，但對高中足球的知識為零的人不可能認識他。

佐佐木這傢伙真的採訪過岸原教練耶。

「我先換上這套衣服。你去浴室等我吧～」

「哦、哦……」

佐佐木催促著我，於是我拿著換洗衣物前去浴室。

她的記憶力著實驚人。

如果是我，馬上就會把敵隊教練的名字忘光了……不愧是憑實力考上高東大學的人啊。

我用毛巾遮住下半身，先一步進入浴室。

當我以蓮蓬頭沖洗身體時，換好衣服的佐佐木進來了。

「久等啦～」

穿上鬆垮垮訓練服的她現身眼前。

她的手腳都很纖細，換上我的訓練服後，袖口還多出很多空間。

「穿那件沒問題嗎？不會因為什麼狀況而不小心讓內衣之類的露……露出來嗎？」

「太遺憾了，槙島。我有穿上黑色的內搭衫，內衣也不會透光哦。」

佐佐木一臉得意地說道。

黑色的內搭衫……？

這傢伙擅自從我的櫃子裡借用了嗎？

「唉～你也真是的，居然那麼明顯地擺出失望的表情。」

「我才沒有覺得失望呢。」

「騙人……你明明看我的寫真集，興奮到一臉色瞇瞇的樣子。」

「我才沒有色瞇瞇！」

佐佐木拿起沐浴巾說：「我幫你搓背唷。」接著把沐浴乳擠到上頭，開始刷洗我的背部。

「……槙島意外地很悶騷耶。」

「還以為妳要說什麼，還在說那件事哦？我都說過好幾次了，我可不是懷著下流心思去買妳的寫真集的。」

「寫真集的事或許是那樣沒錯。可是！……子裡的那個……實在有點……」

佐佐木的手停了下來。直到方才為止還能口齒伶俐地談吐的她，突然間變得支支吾吾起來。

「怎麼了？」

「……沒……沒什麼事啦！」

「？」

不知為何，幫我刷背的佐佐木，手勁變得有點強。

「話說回來……槙島的背意外地很寬大耶。」

「是嗎？」

「嗯……原來男孩子……這麼大啊……」

淅瀝淅瀝，只聽得見熱水流入浴缸裡的聲音。

從剛剛開始，佐佐木的樣子就很奇怪。

她的聲音莫名地模糊不清……

「……那、那個……佐佐木，妳該不會現在才開始對這個狀況感到害羞吧？」

「我……我才沒有害羞呢！」

原來如此。從這個否定方式來看，她似乎真的害羞起來了（斷言）。

「身為大姊姊的從容到底跑哪去了呀？」

「少囉唆！再說下去，我就把你的背刷到變紅色的！」

「別、別啊！」

「不想那樣的話就快點把手舉高。」

「手？哦……」

我順從地舉起手臂。與此同時，佐佐木的手搔弄到我的腋下。

嚇一跳的我不小心發出「嗯！」的一聲。

「你怎麼了！剛剛好像發出色色的聲音……」

「腋、腋下就不用了！我自己會洗！」

「是、是哦？」

「腋下是那個……該怎麼說……是很敏感的地方啦……」

「咦？為什麼？」

不一五一十說清楚就不懂嗎？純情派的前偶像太可怕了吧。

不過以佐佐木的狀況來說，她雖然擁有色色的知識（例如錢包中的那個的知識之類的），卻不熟悉概念性質的知識，反而更加棘手啊。

「那在你洗身體的時候，要我幫你洗頭髮嗎？」

「頭髮我也自己洗好了，畢竟要注意傷口啊。」

「好吧。」

變得閒閒沒事的佐佐木坐在浴缸的邊緣上，哼起歌來。

那是兩年前左右常在電視上播出的廣告曲，是Genesistars的歌。

曲調相當特別，是一首很難哼唱的歌曲，但佐佐木哼出的樂曲，一個音符都沒有走調。

「妳真的很會唱歌呢。」

「這是當然的吧？我當過偶像耶，怎麼可能唱不好？」

「有這麼理所當然嗎？」

「嗯。不管多麼可愛，一旦是個音痴，根本不可能在九十人之多的Genesistars中站上C位。當時我無論是練唱還是練舞，都做好了可能會搞壞身體的覺悟。畢竟既然都要做，不就會想當上主角嗎？」

名號。

聽到這番話，讓我再次感受到佐佐木絢音這個人有多厲害。

綺羅星絢音與九十人之多的對手激戰並勝出，人氣投票第一名，更贏下了不動C位的名號。

「妳願意付出那麼多努力，偶像引退後單飛不也可以嗎？」

「單飛？當演員之類的嗎？」

「對啊。偶像退出團體後不是常常會轉行嗎？妳也可以吧。」

「……那我問你，那些轉行的人在別的業界有到達顛峰嗎？」

佐佐木尖銳地反問道。

「那、那個就……」

「脫離團體的瞬間，Genesistars的綺羅星絢音就已經結束了。即使進入別的領域，身為偶像的我也不在那裡，被人厭倦是早晚的事。所以我已經沒辦法再次在演藝圈登上頂點了。」

聽她這麼解釋，或許確實如此。

印象裡，很多藝人從偶像團體引退之後，在戲劇或電視節目……等與偶像界不同的領域之中過得很辛苦。

在偶像時期嘗過了業界巔峰的滋味後，要在別的領域東山再起登上頂點……或許十分艱難吧。

「Genesistars的綺羅星絢音在兩年前引退後就已經死了。所以槙島買的那本寫真集就現在的我來看——簡直像是遺照。」

佐佐木轉過身，朝向自己映照在浴缸中的倒影伸出手，晃動了水面。

「欸，喂，不要說那種話啦。這樣我每次看妳的寫真集都會想到那是遺照了不是嗎？」

「畢竟是事實啊。況且我很慶幸自己退出了演藝圈唷。」

「因為變得自由嗎？啊，還是因為能吃鬆餅吃到飽？」

「不是……鬆、鬆餅的層面確實有一點。不過我已經有下一個目標了！」

「下一個目標？」

「對，我找到了一個可以挑戰巔峰的新目標。但那應該是槙島絕對想不到的事吧！」

佐佐木說著，拿起臉盆從浴缸裡舀了水，往正在洗刷身體的我身上潑了下來。

「喂！妳幹嘛啦？」

「我在想你要洗到什麼時候。再不泡進熱水裡的話，等一下就要感冒了唷？」

「哦，好啦……」

前一刻還在談論嚴肅話題的佐佐木，突然間恢復了精神。

她的目標讓我有點好奇。

把殘留的泡泡沖掉的我，為了防止圍住下半身的毛巾掉落，抓緊毛巾進入浴缸中。

從剛才便小心翼翼地坐在浴缸邊緣的佐佐木，把腳泡入浴缸裡，默默地看著我。

「妳、妳有必要一直注視著我嗎？」

「我很擔心你呀，要是突然失去意識就麻煩了。」

儘管她如是說道，卻好像閒到發慌似的，開始踢動雙腳玩了起來。

歌似乎也唱膩了，她看起來十分無聊。

我平常總會泡很久的澡，但畢竟今天撞到了腦袋，我看早點出浴好了。

「好了，身體也暖和起來了，差不多該……」

「欸，槙島，我也可以進去嗎？」

「哦、嗯～反正我現在剛好要出來。雖然讓妳接在我之後泡有點不好意思，但是妳慢慢來——」

話還沒說完，佐佐木便不發一語地蜷曲雙腿，坐入浴缸之中。

由於她進入浴缸，熱水滿溢而出，穿著的衣服也漂了起來。

白色訓練服因此濕透，可以看見底下那件我常穿的黑色內搭衫。

「一起泡……不是很好嗎？」

在浴缸之中，我們兩個抱著膝蓋，相互注視。
不知道單純是因為洗澡水太熱，還是對這個狀況感到動搖，我不自然地冒出許多汗水。

「感、感覺我們像這樣一起泡澡……好像在做什麼色色的事耶？」

不都是妳先開始的嗎！
佐佐木火燙著臉，頻頻朝我看來。
突然說要住下來，又說要一起洗澡……怎麼想都覺得她怪怪的。
「欸，感覺妳今天有點奇怪耶。」
「奇怪？怎麼說？」
「總覺得距離莫名接近……我很感謝妳擔心我還跟我回家，但是突然說要住下來，然後像現在又跟我一起洗澡……」
「……」
佐佐木潛了下去，直到上唇沒入熱水中。她一邊吐出泡泡，一邊盯著我。
「欸，妳說些什麼好不好？」

擊。

「咕嘟咕嘟……」

「我已經搞不懂狀況了啦。」

見我抱頭說道，佐佐木突然將雙手疊成水槍，朝我的臉發動攻擊。

完全無法理解這傢伙到底想要幹嘛，讓我焦躁不已。於是我毫無抵抗地承受了她的攻擊。

「槙島，你很沒勁耶。反擊呀～快點快點～」

佐佐木勾動起食指，試圖挑釁我。

不耐煩的我站起身來，以猶如浴缸中的熱水滿溢而出般的氣勢，把熱水潑向她。

「你竟敢真的動手！」

於是她也不服輸地站起來。我們倆在狹小的浴缸中向對方潑灑洗澡水。

這是何等無意義的爭執啊？不知為何卻有點開心。

「哎唷～洗澡水都沒了不是嗎！」

「妳到底想做什麼啊？」

佐佐木從頭頂到身體都濕透了。

頭髮與衣服都濕漉漉的，水珠從她身上滴了下來。

尤其是濕答答的衣服緊貼在佐佐木身上，凸顯了她苗條的身材曲線。

平面寫真雖然很讚，但是實際看到果然……糟、糟糕，一直看的話，下半身會……

我向前彎曲身體，從浴缸出去。

「我要出去了。」

「咦～！再裝滿水戰個第二回合嘛～！」

「妳是小朋友嗎！」

我拉開浴室的拉門，略微冷冽的空氣跑了進來。

「我可以沖個澡嗎？」

「可以是可以，但是我沒有女生用的洗髮精跟潤絲乳唷。」

「沒關係沒關係！……跟你一樣的味道也很好啊。」

「嗯？怎麼了？還是我現在去買？」

「不用不用！比起那個，可以的話，能借我一套居家服嗎？」

「居家服是吧？我等一下拿給妳哦。現在穿的那套幫我把水擠乾，丟進洗衣機吧。」

「了～解～！」

關上拉門後，裡頭傳來了淋浴的聲音。

我在旁邊擦乾身體，換上運動服後回到房間。

洗完澡，再舒舒服服地喝杯礦泉水。

「真是的，佐佐木那傢伙口口聲聲說自己是大姊姊，結果做的事情跟個小孩一樣嘛～」

喝過水以後，我打開手機，看到教練的訊息……

咦？教練？糟糕！必須快點回信才……行？

『從明天開始，你得停止社團活動一星期。』

停、停止社團活動……？

『這個決定雖然與腦震盪也有關聯，但主要是你因為過度訓練造成身心負荷過度了。稍微休息一下吧。』

字裡行間可以感受到教練的嚴厲與溫柔。

整個星期都不能練習……

從高中到現在，我從未間斷訓練一個星期過。

雖然很不甘心，卻也無可奈何。

畢竟過度訓練是之前就被指責過的事，教練想必也判斷這是個好機會吧。

我寫下「遵命」，回信給教練。

「好了，該來找找給佐佐木的替換衣物了。」

我從衣櫃中挑選要給佐佐木穿的居家服。

雖然實在是沒有佐佐木的尺寸，但我盡可能挑了比較小件的T恤及套在外面的運動外套，以及足球短褲，放在浴室前。

為了收拾因挑選衣服而散亂不已的環境，我打開櫃子——

……嗯？

衣櫃有三層。拉開第二層時，我感到有些異樣。

「好奇怪……」

我拿起放在櫃子裡的那個（藍光光碟）。

在吃晚飯之前，我應該已經把這些都藏到每層抽屜的最下方了。

卻只有第二層的藍光光碟不是放在最底部，而是塞在衣服與衣服之間。

「我明明確實藏在最下面了才對……不對，等等。」

我確認起那個上下的衣服。

位於上下的——是黑色的內搭衫。

「居……然……」

我跪倒在地。

佐佐木那傢伙該不會……看到那些了？

騙人的吧……拜託跟我說是騙人的啊。

「槙島～謝謝你借我衣服～」

「……」

佐佐木套上鬆垮垮的運動外套，穿著白色的足球用短褲，回到了房間來。

她以毛巾擦拭褐色短髮，同時又嗅著衣服上的氣味。

「嗯，是槙島的味道。」

「……喂，佐佐木。比起味道，妳看到了嗎？」

「看到什……？啊。」

佐佐木的表情僵住了。

她的視線落到我手上的藍光光碟，立刻以毛巾擦拭從額頭冒出的汗水。

「……妳看到了吧？」

「我、我沒看到！我才沒看到什麼『心動！在都是大姊姊的無人島上玩鬼抓人！』呢！」

「果然看到了不是嗎！」

☆☆

「畢竟槙島也是男孩子嘛。但『心動！在都是大姊姊的無人島上玩鬼抓人！』這種標題，我覺得實在是……有點噁心耶。」

佐佐木一如往常地紅著臉直球抨擊我。

不只是「有點」，我應該噁心到被她輕視也不奇怪了吧！

誰……誰來殺了我？

「但是啊！槙島喜歡年紀比自己大的，我覺得完全不是什麼壞事呀～以後也請買這種類型的。」

「抱歉！我去外面透透氣！」

「槙島？也不需要那麼失落吧……」

我把一臉擔心的佐佐木留在房間，自己先到外頭吹吹晚風。

基於各種因素而暖烘烘的身體，漸漸冷卻了下來。

「唉～……佐佐木那傢伙一定暗自覺得我噁心到爆吧。」

意志消沉的我從公寓的走廊上盯著中庭的方向。此時套房旁邊的電梯突然走出有著天然捲的噁心男子。

「嗨～楨島～看你狀況不錯嘛！」

「是阿崎哦。嗯？你怎麼了，晚上還跑來？」

「我來拿聯誼時說的報酬給你呀。喏，明天不是有東京拓荒者的第三戰嗎？」

阿崎交給我兩張那場比賽的ＳＳ席（註：類似特等席，位於球場左右兩側中央的前排）門票。

「釘鞋的話下星期會送到，練習時再給你唷。」

阿崎說完，揮了揮手便轉過身。

「阿、阿崎……！」

「怎麼了？ＳＳ席還不滿意嗎？」

「不是啦！……不好意思，我被禁止練習一星期。下星期完全……」

「是哦？那下下星期再給你吧。」

「什麼『是哦』，也太冷淡了吧。」

阿崎走了回來，「砰」地拍了拍我的肩膀。

「……總之你現在給我休息。你可是我重要的搭擋啊。眼下就當作為了能一起在一軍大展身手而好好休息，懂了沒？」

阿崎以不符合他形象的帥哥語調對我說了聲「拜啦」，走進電梯裡回去了。

跟阿崎一起……

「我也會……升上一軍的。」

因為腦震盪而無法參與練習，明明得分卻痛苦萬分，以及被佐佐木發現性癖好……莫名其妙的事情太多了。不過……

「槙島，歡迎回來。腦子冷靜點了嗎？」

我回到房間，向佐佐木遞出門票。

「佐佐木，明天要一起出門嗎？」

「咦？」

這一個星期要充分休息——為了將自己的層次提升到下一個階段，這是我必須做的事。

# 第六章　觀賽約會。

坐在床上的佐佐木目瞪口呆地接下了門票。

「你……邀請我？為什麼？」

「妳問為什麼……我也沒有什麼特別的理由……不喜歡的話不必勉強……」

「我、我去！反正我明天沒事！」

佐佐木打斷我的話答道。

她意外地喜歡足球嗎？

還是說她看了今天的比賽後，迷上足球了呢？

……算了，無論是哪個理由都無所謂。

「所以……這是職業選手（？）的比賽嗎？」

佐佐木看著門票歪了歪頭。

要從這裡開始解釋啊……

「唉～……」

「我不認識嘛！有什麼辦法！」

見我嘆了口氣，佐佐木的語調隨即變得粗魯起來。

「快啦，用我也能理解的方式說明清楚。」

「說明……？呃……日本的職業足球聯賽不是有個叫做N聯盟的嗎？」

「嗯，就算是我也聽過。」

「那之中的最高層級就是N1聯盟。而明天要去看的，便是隸屬於N1聯盟的東京拓荒者隊的比賽。」

「東京……拓荒者隊……槙島喜歡那支隊伍嗎？」

「嗯。雖然我是山梨縣出身的……但是從很久以前就很喜歡東京拓荒者。」

我喜歡他們到入U－15的隊伍時，也並非選擇故鄉山梨縣的下級組織，而是選擇了最喜歡的東京拓荒者隊。

但是那之後，我沒有晉級到U－15的下一個等級，也就是U－18，於是便利用體育推薦名額，考上富山縣的老牌名校「私立星神學園高等學校」。

「話說回來，藍原也說她喜歡東京拓荒者呢。」

「……如果我拒絕，你就會邀請藍原了嗎？」

「不會啊。我想說妳沒辦法的話，另一張票就給足球社的人好了。」

藍原好像是拓荒者的鐵粉，應該會買季票，然後每場比賽都坐在球門後方的區域（真足球迷的領域），所以感覺應該不會對ＳＳ席感興趣吧。

「所以怎麼了嗎？」

「沒、沒事呀～」

「幹嘛在那邊傻笑？」

「才沒有傻笑呢。」

佐佐木從床上站起來，看似寶貝地將門票收進錢包裡。

「比賽是下午開始，明天我會先回去一趟唷。我們都準備好以後，約在某個地方集合怎麼樣？」

「了解。那在大學前的車站碰頭可以嗎？」

「嗯！」

佐佐木的興致比預期的還要高昂，讓我放心了。

確定了明天的行程後，我們準備就寢。

「首先要來決定睡覺的地方……佐佐木，妳睡床上……」

不待我說完，佐佐木已經在床上擺好了保養品與鏡子。

「咦？我可以睡床上嗎？」

「妳絕對打從一開始就打算睡那裡了吧。難道妳不懂什麼是客氣嗎？」

「因為我覺得是你的話一定會讓給我睡嘛～」

「唉，妳真的是……」

算了。我拿出阿崎來過夜時用的棉被，將它攤了開來。

「我會鋪這套被子睡。拜託妳不要睡相太難看，從床上掉下來哦。」

「哎呀呀？特地跟我說那種話，該不會是想要我掉下來吧？」

「我才沒那樣想。要是妳掉下來害我又腦震盪怎麼辦？」

佐佐木「哦～」了一聲，咧嘴而笑。

實在讓人莫名火大。我看還是叫計程車趕她回去好了？

「欸，槙島，你有新的牙刷嗎？」

「牙刷？」

「嗯。我忘記之前已經把隨身用的丟掉了，所以沒有買新的來。」

「新的牙刷我記得洗臉台那邊有。」

我跟佐佐木一起來到洗臉台前，然後將架上的全新牙刷交給她。

「這個可以嗎？」

「嗯，謝謝。」

既然都走過來了，我便把牙膏擠到自己的牙刷上，再將牙膏遞給佐佐木。

「這個有點辣，沒關係嗎？」

「沒關係，我不介意。」

我們稀鬆平常地在洗臉台前並肩而站，一起刷著牙。

雖然是情況使然才變成這樣，但是這感覺……好像在交往哦。

我透過洗臉台前的鏡子看向佐佐木，她也同樣透過鏡子看向我。

彼此四目交接，我立刻別開視線，佐佐木卻一直注視著我。

「（怎麼了啦？）」

「（我在想，我們為什麼會一起刷牙啊？）」

「……」

「……」

氣氛變得令人難為情。快要忍受不住的我先一步刷好牙、漱了口，然後鑽進被窩裡。

佐佐木則像是跟在我後頭般回到了房間。

「槙島，你已經要睡了嗎？」

「我……我要睡了！」

「咦～難得一起過夜，再多聊一點嘛～」

下。

「這可不是女生聚會……哦……」

佐佐木抱著枕頭坐在床邊，向下看著躺在棉被裡的我。

她那沒有衣物包覆的腳碰到了我的手臂。鬆垮垮的T恤讓我能從袖口依稀看見她的腋下。

「你沒有想要問我的事情嗎？」

「想……想問妳的事……？」

「現在的話，我什麼都能回答你唷。」

想問佐佐木……的事。

突然拋出這種話題來，我也想不到啊。

「我、我想想哦……比如說初戀的故事？」

「初戀！」

「怎麼了？不是什麼都可以問嗎？別跟我說什麼『果然還是不能講』哦。」

「唔、唔～……」

佐佐木以雙手抱著枕頭，將臉埋了進去。

哈，就算是佐佐木，也不敢把戀愛話題拿來——

「那是我高中的時候吧……」

「妳真的要講哦！」

「咦？你不是想聽嗎？我的初戀……」

「呃、嗯，因為我有點好奇。」

佐佐木這傢伙原來有戀愛經驗啊……

我懷著複雜的心緒傾聽佐佐木的故事。

「我在高中的時候呀，有一次因為工作出遠門，在那裡遇到了一個男生，結果開始有點在意他……」

「等等，妳初戀是在高中的時候嗎？」

「不行嗎？」

「也不是……不行啦……」

直到升上高中為止都沒談過戀愛，讓我有點意外。

畢竟她可愛得都被譽為國寶級了，總覺得周遭的男生不至於沒有作為才對……

「該怎麼說呢？我越來越喜歡那個出外景時見到的男生，外表很帥氣，給人相當律己的印象……但我一次都沒跟他說過話，也沒有打過照面……」

「妳放棄了嗎？」

「沒有！我還沒放棄！我才……沒有放棄呢！」

她埋進枕頭的臉稍稍抬起，只露出眼睛，以堅定的眼神看向我。

這樣啊……佐佐木也有心上人啊。

說得也是，她確實也是個女大學生嘛。

「要是能快點找到妳初戀的對象就好了。」

「……嗯。」

雖然話題是我拋出來的，但是聊戀愛話題真的會連聽的一方都害羞起來耶。

「槙島呢？」

「我、我嗎？」

「也跟我聊聊你的初戀呀。」

「……好吧。既然妳沒有含糊帶過，都告訴我了，身為男子漢，我也必須據實以告。」

我起身正襟危坐，下定決心。

「……我的初戀是在四歲的時候。」

「四歲！」

「嗯，我的初戀是住在我家隔壁的大學生姊姊。」

「唔哇……」

在那之後，我也說了自己初戀的故事，娓娓道來那位住在我家隔壁的大姊姊（現年三十五歲，人妻）的事情。

「該怎麼說……楨島你……滿噁心的耶。」

「喂！為什麼會變成這樣！我不是很認真地講完自己的初戀故事了嗎？」

「你現在還是喜歡那個大姊姊嗎？」

「那倒是沒有，人家已經結婚了嘛。況且我在男校待了三年，變得不懂什麼是戀愛了。」

「是……哦……」

讓人莫名心跳不已的戀愛話題，就在彼此的無言中劃下句點。

佐佐木開始了睡前的肌膚保養，我則躺在棉被裡看起足球雜誌。

講真的，剛剛的時間到底是怎樣啊……？

結束了彼此的暴露大會，卻感覺互相都沒有任何收穫……

佐佐木完成護膚後，我起身關掉了電燈。

「好期待明天哦。」

「嗯！……晚安，楨島。」

「晚安，佐佐木。」

與佐佐木的漫長一天結束了。

☆☆

半夜一點——

從零時開始，我便躺在床上呆望著天花板，卻遲遲無法入眠。

而槙島躺在下方的棉被裡，好像已經睡著了。

女生睡在你身邊耶！多在乎我一點啊！

我將手放在自己的胸口上。

槙島喜歡的女生類型……啊。

年紀比他大已經通過了。但是槙島藏起來的藍光光碟盒上，那個女人的胸部很大。

我的胸部是平均尺寸，也不是很有雅量的人，還被他當小孩子對待……

槙島果然還是喜歡像藍原同學那樣，胸部又大又溫柔的女生嗎……？

昨天在病房中看到的景象，浮現在腦海中。

藍原同學安慰著哭泣中的槙島。

我比槙島還要年長，卻沒辦法像她那樣安慰槙島。

照這樣下去，槙島會——

……不行，我不能示弱。

今天我跟槙島的距離有大幅縮短了！更何況他還親自邀我去約會呢。

沒問題，槙島有好好地看著「我」呀。

可別畏縮啊，佐佐木絢音。

與在Genesistars贏下C位時一樣。如果想要站上頂點，一次都不能示弱。

「……嗯～佐佐木～」

床下的棉被中傳來了呼喚我的聲音。

我看向槙島。只見他閉著眼，看起來好像在說夢話。

他該不會……夢到我了吧……？

「……啊……喂……住……住手……那裡是……欸……喂……」

槙島在呻吟。

好……好在意，夢中的我都對槙島做了些什麼呀？

該不會是……色……色色的！

過於在意內容的我繼續仔細聆聽著，卻沒能聽到夢境的後續。

「唉～……」

到底是什麼夢啊？

明天早上直接問問槙島好了……

睡意漸增的我，不知何時墜入了夢鄉。

☆☆

陽光穿透窗簾使我醒了過來。我拿起手機確認時間。

早上……七點……？

我打了哈欠，朦朦朧朧地仰望天花板。

感覺今天的床鋪特別硬……而且離天花板好遠……

啊，這麼說來，我是打地鋪睡的啊。

「吸～呼～……」

耳邊傳來了可愛的鼻息聲。

我斜眼瞄往呼吸聲傳來的方向，發現身旁是個褐色頭髮的美少女…………嗯？美少女？

不知不覺間，佐佐木絢音把我的右手臂當成枕頭，睡在我身邊。

在陽光的照射下，她齊肩的褐色頭髮色澤比往常還要明亮，同時也因睡相而有些凌亂。

「佐、佐佐木……！」

「呼～……」

佐佐木閉著雙眼，微微嘟起嘴唇，並且傳出了可愛的呼吸聲。

連睡臉都那麼可愛，也太犯規了吧。

像這樣近距離端詳，我才發現她的眼睫毛很細長，肌膚也很光滑……感覺輕輕碰下去，一瞬間就會消融似的。

我目不轉睛地盯著她的睡臉，此時佐佐木突然睜開雙眼。

經過毫無反應的三秒後，她的臉頰頓時染紅了。

「咦？咦？」

「早啊，佐佐木。」

「為！為什麼你會睡在我旁邊！」

「我才想問妳呢。這是我的被窩裡唷。」

「你的被窩？」

佐佐木看了看周遭，確認自己躺著的位置。

「等等，為什麼我會躺在你手上！」

「我怎麼知道！」

「……該、該不會是你把我從床上拖下來，做了什麼不可告人的事……」

「哪有可能啦！」

佐佐木瞇起眼睛，一副不相信的樣子望向我。

冤枉人也該有個限度吧。

「真是的，明明就要約會了，做那種事的話只會變得很尷尬吧？」

「約會？」

「啊……」

糟糕，我幹嘛隨便亂說這是約會啦……

這麼一來，我不就像是因為期待而興奮難耐一樣了嗎？

「不對！說錯了！我、我是想說『出門玩』而已啦。」

不信任的表情驟變，佐佐木的眼睛瞇成一條線，嘴角跟著上揚，變成要捉弄人時的表情。

「約會啊～？哦～槙島覺得我們要約會呀？」

「就說我口誤了嘛。」

「哦～」

「啊～管他是約會還是什麼都行啦！總而言之，我什麼都沒做好嗎！」

「好～好～知道了。滿心期待要去約會的楨島弟弟才不會做那種事，對吧？」

佐佐木露出志得意滿的表情煽動我。

害羞得想立刻逃之夭夭的我做了個深呼吸，讓自己先冷靜下來。

「妳……妳看，已經七點了，來吃早餐吧。」

「嗯。」

之後我又提及「約會」二字而被她找了麻煩。但總覺得佐佐木的心情好像不錯，讓我放心了。

「話說回來，為什麼妳會在我的被窩裡……？」

「我想應該是因為我從以前睡相就不太好吧。沒掉到你頭上真是太好了呢。」

「原來哦……不對啊！果然是妳的問題不是嗎！都知道前因後果了，居然還故意演那齣戲！」

「因為楨島很難捉弄到嘛～看起來很好笑啊～」

「妳這傢伙！」

我從昨天開始就單方面被佐佐木耍著玩。

接著，我與佐佐木享用了一頓熱鬧的早餐。隨後她便返回住處一趟。

由於她突然來住一晚，似乎想要先回家做些準備。

從早晨開始就因為各種狀況而吵吵鬧鬧的，現在終於能獨處了。

「距離中午還有段時間，先來洗衣服吧。」

我將昨天比賽時穿的衣物放進洗衣機，接著伸手拿起佐佐木放在房間，直到剛才為止都還穿在身上的衣服。

衣服上殘留的體溫搔弄著男兒心。

「不……不行不行。」

我斬斷雜念，將衣服全丟進洗衣機。

在這裡輸給慾望的話，不就讓她稱心如意了嗎？

保持理性啊，槙島祐太郎。

我按下洗衣鍵，「唉～……」的一聲深深嘆了口氣。

我可是毫無後悔的哦。

在那之後，我將衣服拿到陽台晾起來，然後整理房間（把「那個」全部歸位）。約定碰面的時間快到之際，我換上東京拓荒者隊的球衣，前往距離高東大學最近的車站。

☆☆

我抵達車站，只見跟我一樣身穿東京拓荒者隊球衣的支持者們，相繼進入驗票閘門。

距離約好的時間還有三十分鐘。

我會不會來得有點早啊？

「好期待中場表演唷～」

「那個MIZUKI會來吧？聽說剛才她本人不小心公開自己人在競技場了。」

「驚喜的意義何在啊？」

「我要瘋狂拍她的照片！」

情緒相當高昂的三位女粉絲與我擦肩而過。

中場表演？有誰會來嗎？

「槙～島～久等啦。」

在我看著女粉絲時，反方向傳來了佐佐木的聲音。

「哦～一會沒見了。」

「欸，你剛才在看那些女生吧？」

「才沒看呢！」

「哦～」

佐佐木對我投以懷疑的眼神。

明明就說我沒看了。

「算了。你看，我把你借我的球衣穿來了唷～好看嗎？」

東京拓荒者隊的球衣底色是綠色的，衣服左側有條紅線。她配合球衣，穿上了黑色的迷你裙。

唯有這個瞬間，她將變裝用的眼鏡與黑色口罩摘了下來，看似興高采烈地露出潔白的牙齒笑著。

「嗯，很適合妳。」

「對吧。」

「今天人很多，要多注意才行。」

佐佐木點點頭，把變裝用的眼鏡與黑色口罩戴了回去。

我們倆通過了驗票閘門，搭上剛好抵達的電車。

上次去吃鬆餅時也是這樣，佐佐木在電車裡總是一語不發。

車廂中人滿為患。她站在車內的角落，目光始終落在手機上，並讓我站在前方，作為與其他乘客之間的牆壁。

順帶一提，一旦與我四目交接，直到我將目光錯開為止，她絕對不會別開視線，感覺有點可怕。她有什麼事想說嗎？

過了一段時間，列車即將抵達我們要下車的車站，於是我打算用手勢告訴她「下一站下車」……但在那之前，佐佐木傳了lime給我。

怎麼？她知道下一站就要下車了嗎？

打開lime的瞬間，我圓睜雙眼。

『你的左後方有個小孩一直看著這裡。』

看到她用lime傳來這段話，當下我的臉頓時失去血色。

沒開玩笑……吧？

我確認左後方，那裡確實有個年紀大概還是小學生的女孩，目不轉睛地盯著我們。

……不對不對，她不可能認得出來。

佐佐木有戴口罩，也掛上眼鏡了。

髮色不是現役時期的明亮茶色，而是比較深的褐色，還穿著厚底靴，使個子看起來更高了一點。

而且跟我最初知道她是綺羅星絢音時相同，即使感覺很可疑，只要沒有看到口罩底下，應該就無法斷定才對。

我的內心十分焦躁不安。此時列車停止，抵達了距離競技場最近的車站。

「走吧。」

我牽起佐佐木的手走出車廂，一邊張望四周，一邊快步通過驗票閘門。

哪裡都好，總之必須移動到人潮稀落的地方才行！

我們往競技場的反方向走，來到人煙稀少的巷弄中，這才終於停下腳步。

「……來……來到這裡就沒問題了吧？」

明明已經來到除了我們之外四下無人的地方了，佐佐木卻依舊不吭一聲。

發生什麼事了嗎？

「佐……佐佐木？」

我朝她回頭一看，只見她的背後有個小小的身影……

佐佐木之所以都不說話，該不會是因為……

她的手與我牽在一起，另一隻手……

佐佐木的另一隻手牽著的，是電車中那位小學左右年紀的女孩子。

「大姊姊……妳是絢音嗎？」

那個女孩子以非常細微的聲音問道。

佐佐木的身分明明連同一個研究會的女生都隱瞞過來了，沒想到卻這麼簡單地被她識破……

小孩子的直覺真是可怕。

「佐佐木，跟她說『妳認錯人了』之類的，然後走吧。」

我打算拉起她的手。此時佐佐木說了聲：「等等。」蹲了下來，與那位小女孩視線平行。

「妳是綺羅星絢音的粉絲嗎？」

佐佐木用溫柔的聲音問道。

「嗯！我一直都好喜歡絢音……絢音一直都是我的目標！」

「這樣啊……」

「但是最近在電視上都看不到，讓我好擔心哦。」

小女孩滔滔不絕地說。

佐佐木輕柔地撫摸著那孩子的頭。

「大、大姊姊，妳是絢音……嗎？」

小女孩露出不安的表情，再一次問道。

佐佐木默默地點點頭，回應了她的問題。

承、承認了……？這樣好嗎，佐佐木？

「絢音看起來很有精神，太好了！」

「讓妳擔心了呢，對不起哦。」

雖然想問佐佐木：「表明身分真的沒關係嗎？」不過看著與這位小粉絲互動的她，感覺我一個不相干的人從旁插嘴，未免太不識趣。

「喏，妳叫什麼名字？」

「我、我叫小滴……」

「妳叫小滴呀。既然以我為目標，也就是說，小滴同樣想當偶像嗎？」

「嗯！我要跟絢音一樣，當個能帶給大家精神的偶像！」

「帶給大家精神……？」

「嗯！我身體很弱，也交不到朋友……雖然很難過，但是看到絢音以後就變得很有精神，能夠到外面去了唷！」

「……原來……是這樣啊。那太好了。」

佐佐木如此答道並站起身，自然地牽起我的手。

「小滴，妳在這裡跟我說過話的事情，就當成我跟妳的祕密好嗎？」

「咦？那邊的男生不算在內嗎？」

「嗯，這個男生是我的保鑣呀。」

「喂，誰是妳保……」

佐佐木用極大的力道握住我的手。

「咕哇……」

我因為疼痛而掙扎著。此時佐佐木蹲了下來，與小女孩四目交接。

「如果妳願意遵守約定，我就把這個髮箍送妳。」

佐佐木拿下她戴在頭上的紅色髮箍，交給小女孩。

「哇啊！可以嗎！」

「相對地，妳會遵守約定嗎？」

「會！」

小女孩小心翼翼地收下了髮箍，戴到自己頭頂上。

自己長久以來憧憬的偶像贈送的禮物，應該會當成一輩子的寶物吧。

「欸，絢音今天也是來看拓荒者的比賽嗎？」

「嗯，對呀。」

「那麼該不會！今天的中場休——」

這時，小女孩的口袋中傳出了電話鈴聲。

她接起電話，隨後露出苦澀的表情。

「剛剛下車以後走散了，結果被媽媽罵了一頓。」

當然會被罵啊。

「絢音，謝謝妳的髮箍！再見！」

「嗯。」

佐佐木輕輕揮手，目送小女孩朝競技場的方向跑去。

「她走掉了。」

「呼～久違地面對粉絲，好累哦。」

「辛苦啦。妳意外地很擅長應付小孩子耶。」

「還好啦！畢竟我是姊姊呀。」

佐佐木挺起她不怎麼大的胸脯。雖然因為口罩看不到，但她應該一臉得意洋洋的樣子吧。

我們走出小巷，來到競技場大道，同時邁開步伐，朝目的地前進。

「就算變裝了，意外地還是會被看穿耶。」

「小孩子這種生物啊，就算認錯人了也不會感到羞恥，所以只要覺得長得有點像就會搭話了吧？」

「這樣一想，不要表明自己就是綺羅星絢音不是更好嗎？只要說『妳認錯人了』，就不會暴露身分了吧？」

「是沒錯啦……但我以前也跟那個小女孩一樣。」

「咦？」

「小時候，我有一次在路上看到一位偶像，於是就跟人家搭話了。」

佐佐木打開手機相簿，將那張照片秀給我看。

照片裡的是當時留著黑髮的佐佐木，一旁則有個髮色明亮的女人。

「讓我嚮往偶像的契機，就是站在我旁邊的那個人。」

對於不熟悉偶像的我來說，那只是一個陌生的女人，但對於熟悉的人來說，想必是位有名的偶像吧。

「我把剛才的小女孩跟這張照片中那個當時的我重疊了……當然，平常我會說『你認錯了』就是了。」

「這樣啊……」

隨著我們走近競技場，走在競技場大道的人潮也逐漸增加，佐佐木的話跟著變少。
大馬路盡頭有座白色的樓梯，只要走到頂端，就能看見巨大的體育場出現在眼前。
觀眾們有的身穿跟我們一樣的球衣，有的身穿敵隊的隊服，大家都在體育場前來來往往。
「好壯觀的人潮……這些全都是來看足球的人？」
「對啊。東京拓荒者隊的每場比賽，都會有一、兩萬名以上的觀眾入場。」
「哦～……」
不過，這對於偶像時期──每場公演都聚集了數萬人──的綺羅星絢音來說，或許不是什麼值得吃驚的事吧。
我與佐佐木跟著人潮走，在入口前讓工作人員看了門票，並通過了隨身物品檢查。
可能是因為許久沒來吧，越接近球場，我的情緒就越是高揚。
畢竟最近有大學的比賽，還有訓練要進行，沒辦法來觀賽嘛。
想要立刻看到球場的我打算趕緊進入體育場，但……
「欸～槙島，有好多吃的耶～」
我想要進去體育場內，佐佐木卻拉著我的手。
「運動場美食哦……要排很久耶。比起這個，還是快點去看球場……」

「真是的！我們坐的是對號座，慢慢來不是很棒嗎？好啦好啦，先去買吃的吧！」

「咦～」

佐佐木拉起我的手，我們就這樣一起排起了運動場美食。

「所以呢？妳想吃什麼？」

「雞蛋糕、可麗餅，還有墨西哥捲餅！」

「可麗餅跟墨西哥捲餅？這是類似的東西吧？」

「沒關係啦！」

佐佐木在比賽開始前就歡騰起來了。

☆☆

佐佐木看著紙袋中的雞蛋糕，目光熠熠生輝。而一旁的我拿著可麗餅與墨西哥捲餅。

「邊走邊吃太沒規矩了，要吃得等到坐好再吃哦。」

「知道啦！幹嘛動不動就把人家當小孩？」

少騙人，妳明明幾乎要咬下去了。

買好東西後，我們穿過指定的大門，進入體育場內。

強風自體育場裡吹向外側。

逆風而行的我們來到主看台下方的對號座位區，一覽整座球場。

在令人神清氣爽的晴空下，灑水器在球場上灑著水，彩虹從水霧中浮現而出。

當灑水器停止運作之時，綠油油的草皮隨即露出了面容。

能在這座整備得如此完善的球場上踢球，真是讓人心生羨慕啊。

「距離好近哦。從這裡的話，舞台上跟粉絲的互動也能看得很清楚吧。」

「妳有在這座體育場裡辦過演唱會嗎？」

「基於地點考量，我們沒用過這座場館呢。不過像這樣從觀眾席上看向這麼大的體育場的球場，感覺很新鮮。」

畢竟佐佐木直到不久之前，都身處與這座體育場相同規模的會場中央……在某方面一定很感慨吧。

我擅自如此推敲，佐佐木卻做出與此無關的行動——她從我手中接過了墨西哥捲餅，心情平淡地吃了起來。

「嗯～！有點小辣，好好吃哦～」

嚴肅的氛圍被佐佐木摧毀殆盡。她將墨西哥捲餅塞進嘴裡，接著把口罩由下往上拉起來，開始咀嚼。

因為不能摘下口罩，吃東西變得很麻煩……難道她就只能這樣吃東西了嗎？

「妳喜歡墨西哥捲餅嗎？」

「嗯！我超喜歡墨西哥捲餅。」

「像鬆餅或是捲餅之類的……妳喜歡的東西都是麵粉製品耶，像這個可麗餅跟雞蛋糕也是。」

「沒關係，相比白飯比較沒有罪惡感呀。」

「都是一樣的東西吧？」

之後我依舊呆望著佐佐木享用墨西哥捲餅與可麗餅。不知不覺間，選手們已經走上賽場，開始暖身了。

選手們被觀眾熱烈的掌聲包圍著登場。

「欸，槙島，你都幫哪位選手加油？」

佐佐木一邊把可麗餅塞進嘴裡，一邊問道。

「就是我們穿的球衣的這個人。」

「呃～9號？」

「妳看，就是現在要射門的那位——」

璀璨奪目的球場上，在禁區前方……

一位選手搖曳著純白的頭髮，髮長約及肩膀。他就是東京拓荒者隊的9號。

個子雖然不高，卻能以自豪的腳法摧毀敵方的後防線，是東京拓荒者隊的速度之星。

「來田真琴——他是我高中的學長。」

「哇～頭髮好白好漂亮……體型跟女孩子一樣小隻，但是射門的威力好強哦。」

吃著可麗餅的佐佐木停下了手。

直到方才仍是食物勝於一切的佐佐木總算熱衷了起來，緊盯著球場。

跟我頭一次看職業足球賽時一樣呢。

「槙島，你剛剛有看到嗎！那個傳球感覺根本不可能穿越嘛，但9號用很厲害的腳法……」

比賽還沒開始，佐佐木的情緒便已經高昂到極點了。

這也是當然的。在電視上感受不到的巨大歡聲、為了將一顆球送進球門內，不顧危險挺身而出的選手們的魄力。

這就是職業的世界。

暖身時間終了，比賽前的各項活動也都結束。

N1聯盟的第三戰——東京拓荒者對上柏木狂歡者的比賽即將展開。

率先解散圓陣（註：指選手們在賽前圍成一圈，彼此精神喊話的行為或儀式，並非指競技戰術）的是柏木狂歡者，身穿黃色球衣的選手們散開在球場上。

「我們的對手……黃色隊伍強嗎？」

「他們是去年第三名的球隊。」

「咦？第三？那豈不是很難踢？順便問一下，東京拓荒者排名第幾？」

「第十五名。」

「這不是輸了一大截嗎！」

「那……那都是去年的事了！今年一定會奪冠的！」

「好啦好啦，加油吧。」

與熱血沸騰的我相比，佐佐木不置可否的樣子又將手伸向了小吃。

隨著比賽開始，狂歡者隊的中場球員在開球之後，立刻將球朝拓荒者的陣內大腳一開（註：意即長傳，為常見的足球用語）。

球門後方傳來了應援選手們的歌曲，聲音響徹整座球場，使眾人更加融入在同一個情緒之中。

比賽按照拓荒者隊的步調進展，以來田真琴為中心主導的三箭頭（註：有時也稱三叉戟，是指由三名球員透過小組配合反覆短傳進行的進攻戰術。另外，進攻球員未必全都是前鋒，但至少會包含一名前鋒負責操刀）分散對方的防守，一口氣逼迫狂歡者隊的後防線。

「好厲害……比賽的速度跟之前看的高東大學那場比賽完全不一樣呢。」

「那是當然的啊。大學的二軍聯盟跟職業的差距太大了。」

「槙島要是進軍職業，也會在這裡踢球吧？」

「我……進軍職業？」

「嗯。」

我原本打算一如往常地對佐佐木說：「妳在說什麼啊？」然而在話語即將脫口而出之際，我打住了。

昨天在藍原面前哭成那樣，我才終於知道自己是因為喜歡足球，才會持續踢到大學的……

但是能夠堅持過來，或許不只是喜歡而已吧。

佐佐木幾乎沒有足球的知識，因此也不知道像我這樣的選手身處的環境，跟職業的世界毫無緣分。

然而她那純真的一席話，讓我想起了踢球的理由。

我回想起自己堅持足球到大學的理由，並非只有一句「因為喜歡」。

「的確呢，要當上職業選手的話，眼睛非得先習慣這個速度不可。」

「沒錯！所以首先你要升上一軍才行呢。」

「對啊。」

要當上職業選手——我或許還是第一次在別人面前說出這件事。

謝啦，佐佐木。多虧妳，我再一次確認了自己想進軍職業的心情。

在妳面前，我果然無法表現出遜色的一面啊。

☆☆

雙方零比零平手，選手回到休息室。

到了中場休息，佐佐木的點心時間開始。她從剛才就很寶貝似的抱著的雞蛋糕袋子，現在總算打開了。

「嚼嚼嚼……」

「妳還真會吃欸。」

「槙島也要吃嗎？」

「……妳不會跟吃鬆餅的時候一樣騙我吧？」

「才不會！」

「那我吃一個好了。」

「來，啊～」

佐佐木從袋子裡取出一個雞蛋糕，往我的嘴巴伸過來。

「不……不要做這種讓人害羞的事啦。」

「有什麼關係？對槙島來說，今天不就是『約會』嗎？」

她一直拿失言捉弄我，真的好煩。

「快啊快啊，再不吃的話——」

『嘿～！會場裡的球迷們！』

此時體育館DJ的廣播聲，響徹了整座運動場。

『中場表演要開始啦！今天的驚喜嘉賓！竟然是！前Genesistars團員，現正活躍中的獨立創作歌手——MIZUKI～！』

不僅是球迷，連專程來看她的粉絲們也驚聲歡呼。

「呃、喂，他說前Genesistars團員……佐佐木？」

雞蛋糕從佐佐木手中應聲掉落。

剎那間反應過來的我，在雞蛋糕掉落地面的前一刻接住了它。

「好險～妳突然間怎麼了啊，佐佐——木？」

直到方才為止眼裡都只有雞蛋糕的佐佐木，正臉色大變地緊盯著賽場。

來賓是Genesistars的前團員，也就是說，對方是佐佐木的前同事。佐佐木的樣子卻有些異樣。

賽會ＤＪ所介紹的來賓走到了球場中央。

瀏海梳向左方，有一頭烏黑亮麗的長髮，她就是名為MIZUKI的女歌手。

競技場的巨大電子看板轉播出拍攝著她的攝影鏡頭畫面，MIZUKI的臉部被特寫在上頭。

她有著宛如女演員般的美麗臉蛋，那張瓜子臉與強而有力的眼神，卻給人一種性格強勢的印象。

『MIZUKI小姐～！初次見面！』

『…………』

她是Genesistars的前團員，也就是說，跟佐佐木一樣是偶像吧？

然而以偶像來說，她會不會太冷淡了……

『呃～MIZUKI小姐！上半場以0比0作收，現在仍維持平手局面。可以請妳對主場球隊說句話嗎！』

『…………』

『那、那個～？』

『…………要是能贏就好了。』

『好～的！是大家熟悉的超酷感言，謝謝！那麼有請MIZUKI小姐獻唱新歌吧！』

無論主場還是客場球迷，拿著螢光棒的觀眾們紛紛喊出為「MIZUKI」聲援的口號。

彷彿要回應粉絲們的聲援，清澈悠揚的歌聲自她的麥克風傳遍整座體育場。

這個聲音……我有聽過。

記得全國錦標賽主題曲的獨唱段落，好像就是這個嗓音。

儘管不是很熟悉，但我好像也曾在別的曲子中聽過這個聲音。

——不對，比起這點……

我往旁邊一瞧，只見佐佐木默默不語地凝視著MIZUKI。

「佐佐木，妳還好嗎？」

「……」

「佐佐木？」

「該、該怎麼說呢……」

觀眾們的目光全都聚焦於在球場中央唱歌的MIZUKI身上。此時佐佐木垂下頭，看向紙袋中的雞蛋糕。

「那是我現在最不想看到的臉。」

「妳說不想看到……可是那個MIZUKI不是妳的前同事——」

等等。我記得佐佐木說過她辭去偶像工作的理由，是因為與團員發生爭執吧。

從這個反應來看，該不會那個叫做MIZUKI的歌手，就是跟佐佐木起衝突的團員嗎？

倘若真是如此，這個時刻對佐佐木來說就是地獄。

運動場上迴盪著MIZUKI的現場演唱。

表演進行中，我牽起佐佐木的手站了起來。

「怎麼了嗎？」

「佐佐木，東西拿一拿。」

「東西？」

「我們出去吧。沒必要看妳不想看到的存在嘛。」

「……唔……嗯。」

佐佐木拿起放在腳邊的東西，迅速站起身。

之後，她似乎察覺到我這番行動的意圖，默不吭聲地跟在我身後。

☆☆

或許是因為裡頭在進行MIZUKI的中場表演，所以體育場周邊杳無人煙。

我與佐佐木一起往體育場的退場大門移動。

「抱歉，佐佐木，我壓根沒想到中場表演時Genesistars的前團員會來。」

「槙島沒有錯啦！就算知道她會來，我們的內情也只有內部的人才知道嘛。」

「內情……？」

「剛剛那個叫MIZUKI的女生……就是她跟我吵了一架。」

原來如此，讓佐佐木不當偶像的事件主因就是她啊。

也是啦，如果對象不是她，佐佐木也不會光看到對方長相就面如土色吧。

「所以你沒有錯。無法擺脫心理陰影的是我……是我不好。」

「佐佐木……」

畢竟她在人氣極佳的時候引退了，這也無可厚非。

佐佐木的狀況實在稱不上良好，再讓她勉強自己未免太可憐了。

而且……最讓人介懷的是「粉絲」。

「……佐佐木，我們離場換個地方吧。」

「我沒問題的！你看，我的臉色也好一點了。而且還有下半場……」

「不。都說是驚喜嘉賓了，螢光棒的顏色跟歡呼聲還那麼整齊劃一，可能是基於某些理由……好比MIZUKI要來的消息走漏了。這裡可能來了非常多以前綺羅星的粉絲，或是Genesistars的粉絲，就像剛剛那位叫小滴的女孩一樣。所以我們再繼續待在這裡就太危險了。」

「確、確實是這樣沒錯……但是你可以嗎？難得有那麼好的座位……」

「不管怎麼想，比起錢的事，還是妳的安全更重要吧！」

「咦……」

「別囉哩囉唆的。走了。」

「唔……嗯……」

我與佐佐木趁著中場休息離開了。

雖然對幫我準備了這麼好的位置的阿崎有點抱歉，但這也沒辦法。

我們由競技場朝車站的方向走著。此時，走在身旁的佐佐木拉了拉我的衣服。

「怎麼了？」

「那個……對不起。」

「別道歉啦，很不像妳唷。」

「因為……」

就算隔著口罩也知道佐佐木現在很沮喪。

一旦被人發現她是綺羅星絢音就麻煩了，我認為這也無可奈何。但……

即使我說了好幾次「別在意」，佐佐木看起來還是很失落。

我們在路口前停下腳步時，眼前的家庭餐廳進入了我的視線。

這麼說來，我還沒吃午餐耶（佐佐木倒是吃過運動場美食了）。

「佐佐木，我問妳唷。」

「什麼事？」

「方便的話，等等要一起去哪裡吃頓飯嗎？」

「你肚子餓了嗎？」

「對啊，我只吃了一個妳差點掉到地上的雞蛋糕而已。不過要是妳身體狀況不好就算了。」

「我、我想去！我現在還不想回家！」

佐佐木似乎稍微恢復一點精神了。

這傢伙，果然扯到食物就會有精神。

「欸，槙島。」

「嗯？」

「……謝謝你哦。」

她有些難為情地嘟囔道。

嗯，是平常的佐佐木。

直至前一刻為止的緊張情緒獲得緩解。我因為放心，嘴角不小心便上揚了。

「你為什麼要笑呀？」

「沒事。比起這個，佐佐木，妳要吃什麼？」

「鬆餅！」

「……真……真的假的？」

☆☆

在距離競技場最近的車站搭上電車，坐了幾站後，我們抵達了佐佐木常光顧的咖啡廳。

之前來這裡時，我被迫扮演她的男朋友，被要求比愛心，被強逼著兩個人喝同一杯飲料……還被佐佐木摑了巴掌，錢包裡的東西也被發現。我只想得起那些狼狽的回憶。

「哎呀～絢音，歡迎光臨。」

當我們進入店裡，看似悠閒地坐在收銀台前的女店員便向佐佐木打了招呼。

「聽到妳要來，我就把妳平常坐的窗邊位置給空出來嘍。」

「說什麼空出來，平常不是都沒客人嗎？」

「妳……妳說到人家的痛處了……還有男朋友同學也歡迎光臨唷～」

「妳、妳好。」

這個人分明已經知道我們的關係，還故意把我們當成情侶。

我們倆跟之前一樣，坐在窗邊的小餐桌邊。

佐佐木一就坐便立刻摘下眼鏡與口罩。也許是因為從口罩解放了，她發出了一聲：

「噗哈～！」

「來，請看菜單～啊，對了對了，絢音～」

女店員拿來菜單後，隨即開始閒話家常。

「之前幫你們拍的照片，妳有乖乖設定成桌面嗎？」

「之前的照片？」

聽到我如此反問，店員便「咕嘿嘿」，露出毛骨悚然的笑容。

「我說的照片，就是男朋友同學跟絢音兩個人用手比愛心的那張唷。絢音在那之後跟我說想要──」

「我才沒說！」

「咦？可是……」

「槙島！這個人的話不能當真，她只會亂講話而已。比起那些，我們快點點餐吧？」

佐佐木對我提出忠告，同時改變了話題。

這傢伙真的說過想要那張令人難為情的照片嗎？

不過店員的確也很可疑。或許就如同佐佐木所言，方才那些都是亂講的，其實她可能只是用這種方式捉弄不是情侶的我們吧。

「我想點平常吃的鬆餅套餐。槙島呢？我今天不會點情侶限定的那個就是了。」

「那不是當然的嗎？要是再來一套那種餐點，我可受不了。」

「……我倒是還滿……」

「嗯？」

佐佐木好像嘀嘀咕咕地說了些什麼，卻又搖了搖頭，將菜單推給我道：

「如……如果你很餓！點熱壓三明治怎麼樣？這裡的熱壓三明治有加起司，很濃稠很好吃唷！」

佐佐木看似慌張地推薦我點熱壓三明治。

空腹吃鬆餅感覺有點痛苦，再加上她這麼積極推薦，就點熱壓三明治吧。

「那我就點熱壓三明治，然後……飲料點冰紅茶好了。」

「真是的，男朋友同學呀，這時就該點情侶套餐呀～」

「咦？」

「槙島！不能聽她的！」

「呃、哦……」

店員很滿意似的一邊抿唇笑著，一邊幫我們點餐，隨即便走向廚房去了。

「討厭，動不動就愛捉弄人。」

「之前來的時候我就在想了，佐佐木跟那個店員感情好像滿好的，對吧？」

「……嗯～我們姑且算是從我當偶像時就認識到現在了。」

「當偶像時就……？」

佐佐木喝了口冰水潤了潤喉嚨，再次開口：

「當偶像的時候，每天都是工作工作工作……偶爾能放假時，來這裡坐坐就是我的樂趣。一開始是因為完全沒有客人，我才會選擇這間咖啡廳，但這裡的鬆餅讓我覺得太好吃了。不知不覺間，我變得連工作結束後也會來這間店。」

「是哦……那妳來這間店已經有三四年了嗎？」

「嗯……偶像引退後，去年一整年我都在國外，所以沒辦法來光顧。我時隔一年回到日本，才發現在他們我不知道的時候出了這道情侶菜單——特大號舒芙蕾鬆餅套餐。」

「原來如此……所以才會利用我啊。」

「說什麼利用，別說得那麼難聽嘛！也算是有兼顧讓槙島身心放鬆啊！」

拜其之賜，我可是比自主練習後還要累哦。

「話說妳在國外留學過吧？」

「嗯。當時我想說引退後感覺會被探究東探究西的，而且很久以前我就想要到個沒人認識我的國家悠哉休息一陣子，所以去學了一年外語。」

「哦～……」

因為當過偶像，現在也必須變裝才行，想必她在日本的生活會很不便……

「咦？那妳為什麼要進日本的大學？就那樣讀國外的大學不是也很好嗎？」

「那、那是！那個……」

佐佐木面露尷尬難堪的表情，大口大口喝光了冰水。

「我是不是問了什麼敏感的問題？」

「那倒是……沒有啦……」

看佐佐木的反應，感覺明顯有什麼難以啟齒的事。

「佐佐木，如果有什麼不方便說的事，不用勉強告訴我——」

「我、我爸媽說！比起國外的大學，更建議我在日本念書，所以我就選了高東！他們真的是，每次都很為所欲為耶～！真傷腦筋呀，哈哈哈。」

剛才明明看似難以啟齒，她卻突然變得話很多。

講話斷斷續續的，感覺也有點假……算了，再追問下去果然不太好吧。

「既然都留學念外語了，那妳現在英文之類的很流利嗎？」

「嗯，我會說英文跟法文唷。」

「好、好厲害。」

「要是楨島打算到國外的足球隊，我可以跟你出國，當你的口譯員哦。」

「我去國外？不可能不可能。」

「為什麼啊？一般不是都該把目標放在歐洲嗎？」

「是沒錯啦。但凡是踢足球的人，任誰都會夢想自己在歐洲踢球……然而這個世界沒有簡單到可以讓人真的把目標設定在那裡呀。」

雖然現在在國外活躍的日本選手已經有所增加，卻非我這種無名選手伸手可及的世界。特別是被譽為足球最高殿堂的英格蘭足球聯賽（註：當中分成二十多個層級，最高階層稱為「超級聯賽」，即眾所皆知的「英超」。整個英國聯賽系統中大約有七千支隊伍，只有二十支隊伍能角逐英超席次，若隊伍表現不好，也有可能被降級），日本人的成功案例依舊是少數。

「反正都要當職業選手了，你就把目標放在歐洲嘛！外國很好玩唷～景色與文化全都跟這裡不一樣呢！」

「在談什麼呀？你們在計劃成立家庭嗎？」

彷彿要打斷我們的對話般，店員將我們點的飲料送了過來。

「才沒有在計劃成立家庭呢！」

佐佐木否定道，一邊喝起店員拿來的飲料。

「男朋友同學要配合絢音還真是辛苦呢。」

「呃、嗯。」

「……欸～要換成跟我交往嗎？」

這個瞬間，喝著飲料的佐佐木突然嗆到了。

「咳咳！等、等等，妳在說什麼！」

「開玩笑的嘛～啊，還是等一下告訴你我的聯絡方式好了？」

「不行！槙島，你要是收下她的聯絡方式，我會生氣哦。」

「不用妳說我也不會拿啦。店員小姐也說她在開玩笑了吧？」

「嗯～人家有一半是認真的唷，畢竟男朋友同學是個帥哥嘛。」

「討厭！就說不行了！」

「哎呀呀，絢音活像個麻煩的女朋友耶～」

「我、我才不麻煩！」

佐佐木從剛才就被店員當成玩具耍。

因為店員捉弄過頭了，她開始鬧彆扭，把頭撇向旁邊咬起吸管來。

「哎呀～該怎麼說好呢？絢音就跟魷魚絲一樣越咬越有滋味，越是捉弄反應就越好玩，一不小心就……」

「真是的。好了啦，快點上鬆餅。」

「是～是～再一下下就做好了。」

留下這句話的店員回到了廚房。

「佐佐木連被捉弄一下都忍不下來嗎？」

「少囉唆。」

她似乎還在鬧脾氣，板著一張臉，一直嘟著嘴唇。

「不准你收下她的聯絡方式。」

「就說我不會收啦。我對她又沒興趣，妳到底有多不信任我啊？」

「……因為你喜歡年紀比自己大的呀。」

「那個嘛……嗯。」
「否定一下啦，笨蛋！」
後來的佐佐木始終暴躁。

☆☆

與佐佐木一起看了足球比賽的隔天──
我在佐佐木昨天睡過的床鋪上，因為她殘留的體香而心情沉悶地醒過來了。
一早醒來，身邊就有佐佐木陪伴……這種事不會再發生了吧……
我滿懷著神祕的憂愁。
不、不對不對，這才是理所當然的吧。佐佐木陪伴的那天完全就是異常狀況。
「……總之先洗把臉吧。」
我如此想著，從床上起身。
此時我不經意地看向放在小茶几上充電的手機，注意到有訊息傳來。
嗯？是阿崎傳的Lime？
我拔掉充電線，坐到床上滑起手機。

『阿崎：槙島，我有重要的事跟你說。』

重要的事？搞什麼？突然煞有介事的。

話說回來，之前他提過釘鞋之類的，是那件事情嗎？

我問道：『是釘鞋的事嗎？』「已讀」隨即出現，接著收到回覆。

『阿崎：不，是更正經的事。你給我聽好。』

阿崎不可能會說正經事，所以我隨興地瀏覽了過去。

『阿崎：上次聯誼以我們的失敗告終了。』

那根本是你們自己搞砸的吧？

『阿崎：但下次我一定要幹到。』

下……下次……？這傢伙從剛剛開始就在講些什麼……？

隨意讀著阿崎訊息的我，忍不住回覆他。

『槙島：「下次」是怎麼回事？』

『阿崎：我又為你安排了一次啊！今天練習前我會去你家，詳情到時候再說！』

阿崎那混蛋，該不會又要把我算進聯誼參加者裡吧？

他說練習前會來……說不定馬上就要到了。

為了將睡得迷迷糊糊的身體喚醒，我沖了個熱水澡，接著用烤麵包機烤吐司，又泡了即溶式玉米濃湯，小口小口地喝了起來。

「前天佐佐木做的蔬菜濃湯真的好好喝哦～」

不僅是濃湯，義大利麵與馬鈴薯沙拉都好好吃…………雖然只有分量很異常。

我在這兩天裡看到了她各式各樣的一面。

做料理的佐佐木、泡澡中（有穿衣服）的佐佐木、枕在我臂彎上的佐佐木、對小孩子很溫柔的佐佐木。

她總是馬上就發飆，還老愛強調自己是大姊姊，感覺很煩，結果卻像個小孩子一樣，最後卻又會露出一百分以上的笑容，讓我無法討厭。

那樣的佐佐木也像個花樣年華的女孩戀慕著，並在尋找她以前出外景時見到的初戀對象。

佐佐木絢音這個人願意為了我這種小腳色而花一個晚上照顧我，是個天生的老好人。我想至少為她的戀情加油，作為給她的報答。

「能讓國寶級美少女一見鍾情的男生到底長什麼樣子啊？」

只看一眼也好，真想見見他呀。

是強尼斯還是韓系偶像那種等級的大帥哥嗎？

或許會跌破大家眼鏡，是好萊塢明星那種歐美氛圍的外貌也不一定。

……無論是哪種，都會是演藝圈等級的帥哥吧。

心裡突然一陣焦躁。為了驅散這股陰霾，我一口氣喝光了玉米濃湯。

「好！燙！……嗯、嗯？」

口袋中的手機忽然傳出震動。

有電話……？啊～是阿崎打來的。

『喲～槙島啊！我到你家了，幫我開個門吧。』

「一大早就吵得要命，是來討債的嗎？」

我單手拿著裝湯的杯子，打開了門鎖。幾秒後，身穿運動外套的阿崎進到房內。

「嘿～早啊，槙島～」

「早。」

「怎啦怎啦？你一手拿著杯子，是在強調『我正在過一個優雅的早晨』嗎？以為自己是體育推薦生就能蹺掉訓練啊！」

「有意見的話跟教練說啊，是他叫我休息的。我也想練習好嗎？」

「不行，你給我休息。」

「你到底是站在哪邊的啊……比起我的操練過度，我更擔心你的反覆無常。」

阿崎跟我走進房間。我們隔著小茶几抬槓著。

昨天拓荒者的比賽、最近社團的情況，以及其他話題……聊也聊不完。此時，阿崎切入正題了。

「槙島，上次的聯誼讓人很不甘心，對吧？」

「誰管你啊，我只是被牽扯進去的而已。」

「我可是很不甘心哦。那之後藍原同學對我有夠冷淡的，在新宿、澀谷搭訕女生也全都慘遭擊沉了。」

「你平常……都在做那種事哦？」

倘若有女生被這個明顯別有居心的天然捲渣男搭訕還願意跟他走，那反而很可怕。果然還是別把這傢伙當摯友好了。

「在家鄉被當成天才足球少年吹捧的我，到了大都會果然就沒能那麼順利了啊～」

「給我快點進入正題。」

在我的催促下，阿崎「咳哼」一聲清了清喉嚨，在我面前正襟危坐。

「我想你隱約也注意到了……我在上次的聯誼把你當成魚餌。我把你刊登在社團網站上的照片交給五十嵐——也就是相當於女生組領導人的女生——她就秒答ＯＫ了……抱歉！」

阿崎磕頭在地，向我致歉。

這麼說來，聯誼的時候，佐佐木曾跟我說過：「阿崎把你當成魚餌了。」

那句話原來是真的啊。

「槙島！真的很抱歉！」

「不用下跪啦，沒那麼嚴重……」

「再助我一臂之力吧。」

「我看你根本無心道歉對不對？」

阿崎將手肘擱在小茶几上，坐了起來。

這讓我徹底了解他剛剛的下跪是多麼地沒誠意了。

「我要跟你說說昨天在Lime上提到的，下次聯誼的事情。」

「話題切換得也太快了。」

「攻勢切換的速度是足球選手必備的呀。」

「你的話都是轉攻為守吧？」

「你動不動就會欺負摯友耶。」

「都出賣摯友了，還敢稱自己是摯友哦？」

「好的。這次的聯誼呀……」

「居然給我充耳不聞。」

阿崎將手機放在小茶几上，打開了聊天室，順勢將手機朝我滑來。

「下次的聯誼對象……竟然是！那個東京亞里斯多女子大學！」

「東京亞里斯多？好時髦的名字。」

「你不知道嗎？」

「嗯。」

聽到我的回答，阿崎嗤之以鼻。

「哼，真是個鄉巴佬呢。」

「你剛剛不也說自己是鄉下來的嗎？」

阿崎無視我，繼續說道：

「東京亞里斯多啊，是只有完美女孩才能進入的，日本最頂尖的女子大學。聽說考試不僅注重成績，行為舉止是否像個淑女也是評斷標準的樣子。」

「簡單來說就是千金學校吧？」

「沒錯。只要從亞里斯多畢業，在女生間的階級就是最高階了。」

什麼階級根本沒差吧。不過……

「所以你的意思是，那些大小姐們會來參加像你這樣的野獸們舉辦的聯誼嗎？」

「沒錯！用你的照片就釣到三個人了！」

「你又擅自亂……」

「而且啊～」

阿崎賊賊地笑著，開始用食指輕輕摸起桌面。

「那些大小姐們呀～因為大學裡都是女生，在各方面都隱忍很久了唷。其實像我這種野獸的照片也釣得到吧。」

「不、不要用這麼猥褻的方式說話。」

我一邊嘆氣，一邊走向廚房，把烤麵包機裡的吐司放上盤子，拿回房間。

「我不會去，這次就算你把報酬亮給我看，我也不會去的。」

「亞里斯多這次會來聯誼的女生，每個都是大姊姊呢～」

這、這傢伙……不僅知道我的性癖好，還這樣激我。

「我不去！絕對不會參加！」

「這樣啊，你不來啊？」

阿崎出乎意料地老實放棄了似的，他站起身將背包揹上肩。

「那我們的黃金組合就解散吧。」

「我不記得我們有組隊過啊……」

「總之！我再也不會傳球給你，也不會給你助攻了！」

「呃……啥？」

阿崎單手一揮走出房間，在玄關前穿起鞋子。

「太遺憾了。摯友明明深陷苦惱，你卻不肯伸出援手，沒想到你居然是個如此無情的傢伙。」

「欸不對！別說得好像都是我的錯一樣好嗎！」

「……讓你選吧，槙島。在這裡拒絕我的話，往後四年你就要在高東大學的二軍結束了。」

「……咕！」

被他如此告知的瞬間，我的身體一陣寒戰。

往後四年……一直……在二軍……

「我想要你的進球能力；相對地，你想要我完美的傳球。互不可缺的我們早就是命運共同體了。但是傳球手這個位置只要創造機會就能獲得評價，所以我終將升上一軍。然而身為得分手（註：傳球手（passer）並非一個特定的位置，一般泛指負責傳球創造進球機會的所有位置。而得分手（finisher）也並非只有前鋒，而是指球隊中負責得分的所有位置）的你只要沒辦法得分就上不了一軍。會因為這段友誼結束而困擾的只有你一個！」

「但是我……！」

「要是你參加聯誼，我就讓槙島祐太郎在大學畢業前成為Ｎｏ．１的射手型前鋒。如果拒絕，我們的關係就到此為止了。」

呿……區區阿崎，不過是個既蠢蛋又人渣的傢伙，打壞主意卻是一流的。

但是他說的話確實也有道理。

正因為我在最近距離目睹阿崎的傳球天賦與足球ＩＱ，現在的我才得以成長。

要是在此跟他訣別……我就會跟高中時一樣，暗默無聞地結束生涯。

「你要怎麼做啊？只要來聯誼喝杯水，你或許就能當上職業選手了唷？」

「……」

「快點決定吧！槙島祐太郎！」

我想要改變。

有朝一日，我要在職業賽場穿上９號球衣。

我就是為了這個夢想才來到高東大學的。

「……我、我知道了啦。我就接受你的要求吧。」

「槙島～……」

「雖然你是個垃圾敗類，比渣還不如的人，但現在的我需要阿崎清一。」

「嘴巴有夠壞耶。」

就這樣，我——槙島祐太郎再一次與名為阿崎的惡魔簽下契約，決定參加他與東京亞里斯多女子大學合辦的聯誼。

# 第七章　下次聯誼的開始。

聯誼當天——

包含我在內共八名足球社員，來到所有座位都是包廂，頗富情調的店家。

這次的男生成員除了我與阿崎之外，全是三、四年級生。我被學長們指示要負責吹捧他們。

簡單來說，就是一場應酬聯誼。

但是這場聯誼關係到我的未來。

無論是要負責炒熱氣氛還是舔人家的鞋子，我什麼都做給你們看。

我們進入那間包廂時，裡頭已經坐著東京亞里斯多女子大學以引為傲的八位美麗淑女。那些大姊姊們聚集在包廂內，看似開心地各自聊著天。

此處是女大學生們輕鬆愜意的空間。

然而當中有位女生一直沉默不語。

明明在室內，她卻掛著淡褐色的太陽眼鏡，戴著粉紅色口罩。周圍的女生都是亮色系的髮色，唯有她是單純的黑髮，綁成一束垂在肩膀上。

那個人是怎樣？是可疑分子之類的嗎？

「喂，阿楨。」

才剛進到包廂，一旁的學長便對我下了指示：

「……你去坐那個女生前面。」

怎麼又是這種模式啦？

學長們魚貫坐在外表頗為亮麗的女生前面。

我已經習慣沒人要的女生，沒差就是了……

我遵從學長的話，在那位戴太陽眼鏡的女生面前坐下。

「……」

「……」

視線好像頻頻從太陽眼鏡底下直射過來的樣子……

如果是佐佐木戴的那種眼鏡，多少還能看懂她的表情。但這個女生戴的是太陽眼鏡，讓我絲毫看不出她在想什麼。

多虧習慣了佐佐木，我的感覺早已出現偏差。不過一般來說會有人在聯誼時連口罩跟太陽眼鏡都不摘下來嗎？

套用阿崎說過的話——聯誼形同求職面試。

正常來說，求職面試上不會把臉給遮起來。

而阿崎也說過，這次的聯誼不需要充人數，有意參加者剛好男女各八人，人數有對上。

所以應該不會有人像上次的我跟佐佐木那樣，為了湊人數而無奈前來才對。

明明是依照自身意志，為了釣到男人才來聯誼的，她竟然把臉遮起來？果然很莫名其妙。

「那就先從自我介紹開始吧？槙島，你先來。」

男生方的主辦者阿崎開始主導活動，指名我擔任第一棒。

基於我與惡魔（阿崎）的契約，今天一旦被他命令，我就無法拒絕他的指示。

雖然很麻煩，但還是快點解決吧。

「我……我叫槙島祐太郎，還是一年級所以不能喝酒。但是相對地，我會認真幫忙倒酒的。」

亞里斯多的大姊姊們用充滿慈愛的眼神溫柔地為我鼓掌。

「那下一位是坐在槙島前面的——」

掛著太陽眼鏡的女生稍微拉下了口罩說道：

「……佐藤月乃，文學院三年級。」

佐藤小姐將拉下來的口罩戴了回去。

她說話的方式也很酷，是個與氣質相符的人。

自我介紹緊接著進行。當介紹結束後，大家開始自由地交換位置。

有些人二對二聊了起來，至於已經決定好目標的學長，則開始與對方單獨交談。

然後，讓我無法相信自己的眼睛的是那個阿崎。他從剛才開始就在跟亞里斯多的女生裡看起來最可愛的那位女孩卿卿我我著。

這種跟惡魔一樣的傢伙可以受人歡迎，這世界沒救了。

學長們起初同樣面露詫異。但阿崎清一儘管還是一年級生，卻是身穿10號球衣的國王陛下（**註：一般足球隊的10號大多為隊中主將，是能夠製造最多得分機會的選手，也是球隊的靈魂人物。但未必是球隊的隊長**），意即縱使身為學長也不敢對他多言。

被國王陛下奪走最上等貨色的學長們，只能瞄準其他女孩了。

順帶一提，我從剛才開始一下被迫參與學長們的對話，一下要幫學長們戴高帽子（這也算是弱肉強食的一種）。

這些學長都三四年級了，還沒辦法脫離二軍，成天遊手好閒。他們到底有什麼好稱讚的？

學長一副喝醉酒的樣子，搭著我的肩膀。

「我對自己很嚴格對不！」

「就、就是說啊。」

你要是真的對自己嚴格，就不會喝酒，也不會來這種地方了啦。

你們在這裡鬼混的當下，一軍的選手們可是在夜間賽事中踢球呢。

「唉～……」

為吹捧學長感到厭煩的我一邊嘆氣，一邊回到自己的座位。

我真的能繼續相信阿崎嗎？

相信阿崎清一，真的能讓我爬上去嗎……？

就在我疑神疑鬼時，突然察覺前方有道視線。

來自從剛才就獨自喝悶酒的佐藤。

她看起來也沒有打算跟男生搭話的意思，到底是基於什麼目的來參加聯誼的啊？

「……槙島……先生。」

突然間，佐藤小姐開口了。

「呃……佐藤小姐，我才一年級，妳可以不用加上敬稱啦。」

「…………」

佐藤小姐又一次陷入沉默。

「佐藤小姐？妳是不是有什麼事要跟我——」

「槙！島小弟～！」

一位滿臉通紅，留著鮑伯頭的巨乳大姊姊，打斷了我們的對話。

她用自豪的胸部夾著我的左手臂，同時將臉湊近而來說道：

「槙島小弟～你也喝呀～」

胸口處露骨地敞開的針織毛衣中，可見豐碩的胸部探出臉對我道「你好」。好色啊。

「喝啦喝啦～」

「不行啦，我才十八歲而已。」

「不～乖～這樣很不捧場唷～」

我說了聲：「很抱歉。」稍微拉開了距離。

明明聽說亞里斯多女子大學是淑女聚集的地方，她卻會把身體緊緊貼過來，跟我聽到的不一樣啊……

「那麼～現在要一起溜出去嗎？」

「溜出去……？」

「我想跟你去別的店～再喝個一輪嘛～」

「那、那個就……有點……」

「聯誼前我看到了槇島學弟的照片，覺得你好帥哦，人家想跟你獨處嘛～」

不妙。

此時彷彿有人對我伸出援手般，手機有訊息傳來了。

「有……有人聯絡我！我稍微離席一下！」

我拿著手機，逃命般地離開聯誼包廂。

☆☆

我逃進男士廁所，在洗手台前打開手機。

剛才的訊息是佐佐木傳來的。

佐佐木，妳救了我……太感謝妳了。

我點開佐佐木的lime一看，上頭寫著：『佐佐木：欸～欸～跟你說唷！我剛剛打開窗戶，有隻蝴蝶飛進來耶。夏天差不多快到了吧～』同時還附上一張蝴蝶停在窗邊的照片。

「佐、佐佐木……」

太和平了，我的眼淚都快流出來了。

我此刻的心情，就像「在加班時收到小孩的照片而心頭一暖的父親」一樣。

「你看著手機在傻笑什麼呢～？」

「呃？」

我從和平的世界被拖回了地獄。

剛剛的處男獵人大姊姊進入男廁裡頭……咦、啊？

「這裡可是男廁啊！妳為什麼會跑進來——欸？」

處男獵人朝我的下半身伸出手。

糟糕，這下子……

「槙島學弟，你是處男？」

「是……是沒錯啦。」

「唔哇～槙島學弟這種等級的男生居然沒人出手，高東的女人該不會都是醜八怪吧？」

看來她露出本性了。

處男獵人那尖銳的目光朝我刺了過來。

我抓住處男獵人的肩膀試圖推開她，她卻宛如蟒蛇般攀纏在我身上，分也分不開。

「哎呀，你那麼用力抓住人家肩膀～該不會想親我吧？」

「請離開！我沒有那個意思……」

處男獵人閉上眼嘟起嘴，從正面將臉靠了過來。

不行，再這樣下去……

無論我怎麼掙扎，處男獵人依然將手腳糾纏在我身上，讓人無法脫身。

我不要，居然以這種形式被奪走初吻……

「佐佐木……救我——」

叩叩叩！我聽見了鞋跟踩踏的聲音，眼前出現了一隻漂亮的右手。

接吻魔的強吻落到那隻手上。千鈞一髮之際，我的初吻被守了下來。

「……嗯？等、等一下，妳幹嘛阻撓我！」

出現在那裡的……是佐藤小姐。

為什麼這個人會在這裡？

「佐藤，我不管妳是突然參加的還是怎樣，槙島學弟是我的獵物。」

「…………別不知羞恥。」

佐藤小姐如此說道，同時將處男獵人拉離我身邊。

「啊，唉～沒興致了！我要回去了。」

處男獵人不敵佐藤小姐的震懾，退出了男士廁所。

得……得救了……

「佐……佐藤小姐，謝謝妳。」

「……」

「真的很感謝妳，我剛剛差點就要被侵犯了。」

「……」

「佐藤……小姐？」

「…………那就……給我謝禮吧。」

「謝禮嗎？我是個窮學生，昂貴的東西我給不……」

佐藤小姐以她美麗的手猛然抬起我的下巴。

「……好，合格。」

「合、合格？」

「為了我的曲子，你來當我的男朋友吧。」

「嗄？男、男朋……友？我嗎？」

「對。」

「為了曲子是什麼意思？」

「那是……該怎麼解釋才好……？」

佐藤小姐環視周圍，將手抵在下巴上，陷入沉思。

她說曲子，也就是說，佐藤小姐有在玩音樂嗎？

但既然如此，我就不懂她為何會含糊其詞了。

是有什麼不能說的理由嗎？

「……那個……槙島同學。」

「怎麼了？」

「這裡該不會是……男廁？」

「咦！妳不知道就跑進來了嗎？」

「因為……剛剛那個女生用很不得了的表情追在你後面……讓人有點擔心……」

乍看之下還以為是很冷酷的人，但她該不會是個很溫柔的人……吧？

這麼想的當下，佐藤小姐抓起我的手，忽然向前邁出步伐。

「跟我走……」

「等……請等一下！」

由於被處男獵人襲擊，我現在對女人有點多疑，走出男士廁所後立刻甩開她的手。

儘管她幫了我的忙，但她始終戴著太陽眼鏡與口罩。更何況我看不清她的本性，不可能就此相信她。

這就是大學裡的布告欄或海報上常呼籲人們留意的新興宗教團體傳教，還是老鼠會的強迫推銷嗎……？

若真是如此，她剛才說的「曲子」跟「男朋友」這些關鍵字，可能是某種暗示也不一定（男朋友＝信徒之類的）。

「怎麼了嗎……？忘記東西了？」

「不、不是這件事！」

「還是你沒上到廁所？」

「不是！」

佐藤小姐歪了歪頭。

她是故意裝傻的嗎……？

「佐藤小姐，我真的很感謝妳剛剛來救我！但我要趁這個機會跟妳說清楚才行……」

「……什麼事？」

「我沒辦法相信佐藤小姐。」

「咦？」

「因為妳就連在室內也戴著口罩跟太陽眼鏡，又突然說什麼『你來當我的男朋友』、『為了曲子』什麼的，很莫名其妙啊！妳……妳該不會是什麼宗教在拉人信教吧？該不會是為了施恩於我，所以跟剛剛那個女的搭檔自導自演……」

「……欸，這個話題會很長嗎？」

「妳真的理解自己的處境嗎！我現在在懷疑妳耶……」

我話還沒說完，佐藤小姐便一語不發地取下綁頭髮用的髮圈，然後將一直戴著的太陽眼鏡丟向我。

我的身體擅自反應，用兩手捧住了被她丟過來的太陽眼鏡。

「幹嘛突然——！」

將視線從手中的太陽眼鏡抬起的瞬間，我根本不敢相信自己的眼睛。

這、這種事……真的能發生在我身上嗎？

我頓時目瞪口呆。

「我的職業是獨立創作歌手。」

那頭直順的黑髮，以及奪人目光的眼神。

只不過是放下頭髮並摘掉太陽眼鏡而已，站在眼前的人物便化身成另一個人。

「妳是MI、MIZUKI……小姐嗎？」

她正是跟佐佐木爭執而訣別的那個MIZUKI……為什麼會在這裡？

「你認識我嗎？」

「之前在中場表演看過……不對，現在比起那點……」

我把握在手中的太陽眼鏡還給MIZUKI，同時確認周遭。

幸好洗手間位於店家的角落，沒人會注意這裡，所以她沒有被人看到。不過是否會有其他人靠近，想必只是時間的問題吧。

「在被人看到之前，請快點把太陽眼鏡戴上去！」

情況變得很不妙。

佐佐木的事也是。我是那種「注定會跟名人有命運般的邂逅」的人嗎？

與她不同的是，眼前這位MIZUKI是現正活躍中的藝人。

要是在這種地方被人發現我們正在獨處，勢必會引發緋聞。

「先換個地方再繼續談吧，理解了嗎？」

「……」

MIZUKI戴上太陽眼鏡，呆呆地盯著我。

「請問怎麼了嗎？」

「……看你很習慣的樣子。一般來說，認識我的人應該會更驚訝才對。你其實是藝人嗎？」

「我是個極為普通的男大學生而已……」

「是嗎？」

我用lime傳了一句『我突然有事』給阿崎，接著跟MIZUKI一起離開店裡。

剛傳出的訊息標示已讀，阿崎回覆道：『要戴好套套再睡哦（笑）』於是我再次封鎖了阿崎的帳號。

☆☆

我帶著MIZUKI走出店家。

外頭已完全被黑暗籠罩，車輛在大馬路上來來往往，車頭燈使我瞇起了眼睛。

MIZUKI身穿露出雙肩的上衣，套了件刷毛的外套。

丹寧長褲凸顯出雙腿的苗條，更使得她窈窕的身體曲線看起來更加纖細。

仔細一看……她的身材也太好了吧。

既寡言又很酷，跟佐佐木的氛圍完全相反，跟她搭話甚至會讓我緊張不已。

……但就這樣漫無目的地亂走，也只是浪費時間。

我們從大馬路轉彎，走進行人較少的小路時，我率先開口道：

「MIZUKI小姐，我有事想要請教妳。」

「叫我月乃就好。」

「直呼本名實在有點……可以像剛剛那樣稱呼妳佐藤小姐嗎？」

「佐藤是假名。」

「咦，假名？自我介紹時的姓氏原來是騙人的嗎？」

「真正的姓氏寫作『水』跟城堡的『城』，水城（Mizuki）。」

咦，原來MIZUKI是取自水城這個姓氏啊。

這種類型的藝名一般不是來自姓氏，而是名字不是嗎……？

「欸……你從剛剛就愁眉苦臉的，怎麼了嗎？該不會……」

水城學姊從左側窺探我的表情。

「……想要我的簽名？」

才不是，我根本想都沒想過。

從我們在洗手間相遇到現在，這個人的領悟力簡直糟糕透頂。

「簽名……用鉛筆也行的話，我可以簽哦。」

「要……要是說不需要也有點失禮，可以請妳簽一張給我嗎？」

我從夾克裡掏出了阿崎寫的紙條，撕下一角交給她，於是水城學姊不知道從何處抽出了鉛筆，幫我簽了名。

「給你，請不要轉售。」

「我想不會有買家相信這種寫在碎紙片上的簽名會是真貨吧。」

「……可是，這是真的。」

「那水城學姊會買嗎？」

「怎麼可能？你會叫銀行買硬幣嗎？」

「是不會啦。」

「就是這麼回事。」

我不太理解「這麼回事」是怎麼回事，但從對談的感覺來看，她似乎是位腦袋很好的人。

不是像佐佐木那種只會喊著「鬆餅！」的小孩，讓我放心了。

我將她寫給我的簽名收進錢包，回到原本的話題。

「水城學姊為什麼會來參加聯誼？」

「……」

「一個名人跑去那種場合，毫無疑問是自爆行為吧？」

「……」

我接連不斷地問下去。此時水城學姊突然面向我道：

「……你這個人真不可思議。」

她停下腳步，隔著墨鏡的鏡片看著我說：

「無論是經紀公司的人，還是節目的工作人員……從來沒人能敞開心胸跟我說話，因為我的嘴巴很笨……大家都只把最起碼必須知道的重點講完就逃走了。你跟我明明是初次見面，卻從剛才開始就很多話。」

水城學姊摘下太陽眼鏡與口罩，輕柔地抓住我的衣襟，將臉蛋湊近。

「雖然這不過是推測而已，你的家人中……有人是藝人嗎？」

……當然……不可能有。

我出身於山梨縣的果農家庭，是個與演藝圈毫無瓜葛的一般人。

不過身邊確實有位前藝人。

是因為我太過習慣佐佐木了嗎……？

或許是因為習慣與她相處，即使面對MIZUKI，我也能以相同的態度交談也不一定。

「不能回答嗎？」

這個人……真不曉得她的領悟力到底是好還是不好。

我心裡浮現佐佐木的臉，同時別開視線。

見狀，水城學姊終於放開了我的衣襟。

「……既然習慣藝人了正好。畢竟在約會時卻不能正常跟我聊天，那就困擾了。」

「約……約會……？」

「謝禮呀，你沒有忘記吧？」

她說的謝禮……是指要我當她男朋友的事情嗎？

「也就是說，妳因為想要約會，才會要我當妳的男朋友？」

「對，希望你能當一天的男朋友，跟我約會，這是作曲所需。如果你能協助我就算幫了大忙了。」

原來如此，MIZUKI是獨立創作歌手，為了製作歌曲才想約會啊。我終於懂剛才她說的「為了曲子」這句話的意思了。

不過也沒必要特意來到這種庶民的聯誼吧……
是因為她就讀女子大學，沒機會認識男生嗎？
「那麼明天十點，在八公（註：忠犬八公，為一尊秋田犬的雕像，是東京澀谷車站前的著名地標）前集合。」
「等等！請妳別擅自進展話題！我一次也沒說過要去啊！」
就這樣順勢跟MIZUKI約會，然後被她捲進緋聞的話，事態就真的糟糕了。
一個沒處理好便會被踢除於足球社，邁向職業的道路也……
冷汗流個不停。
必、必須想個拒絕的方法才行。
「你該不會有女朋友？」
女朋友……
對哦。現在就當作我有女朋友，巧妙地矇混過去就好了不是嗎！
「有，我有！我已經有女朋友了。」
至今為止的人生中，我從未撒過如此天大的謊言。

說謊的罪惡感真不好受啊……

「……這樣啊。」

狐疑的視線突然轉變，水城學姊以柔和的表情看向我說：

「這樣對她太不好意思了，男朋友的事情就當作沒說過吧。」

幸好對方是個明理的人，太好了。

要是跟MIZUKI約會，對佐佐木也很過意不去，所以這樣也好。

沒錯，如此一來，所有事情就圓滿解決——

「這樣的話……我可以換個謝禮嗎？」

「換……換謝禮？」

「跟你約會的事情就作罷。取而代之地，我想請你讓我觀察你跟女朋友約會的樣子，當成作曲的參考。」

「呃……」

「就拿它當成我幫助你的謝禮吧。」

要讓MIZUKI參考我跟佐佐木的約會……？

「這樣行嗎？」

既然都說自己有女朋友了，我也只能點頭同意——

## 新發表章節　綺羅星絢音的回想。

第一次觀賞槙島踢球的身姿——是三年前的事。

我，綺羅星絢音，接下了開賽於年末年初的全國高等學校足球錦標賽官方經理。往年賽會都會從現役女高中生藝人當中挑選一位官方經理。不過今年為了迎合贊助商的要求，足球知識幾乎為0的我被選上了。

打從出生到現在，我都不知道自己有沒有認真看過一次足球這種東西。就這樣，我在仍不明白「不過是踢顆球，究竟有什麼好玩的？」的情況下，接下了那份工作。

那份工作的其中一個環節，是採訪有望出賽今年冬天的全國高等學校足球錦標賽的隊伍。為了採訪其中一所高中「星神學園」的教練，我今天來到了富山縣的深山裡。

星神學園高中的校舍位於一望無際的山林之間，是個饒富自然的環境。

我移動腳步，來到位在校舍旁的足球場，發現場上已經降霜了。

「絢音，岸原教練好像來了唷。」

聽到經紀公司的女經紀人呼喚我，我便朝現身在球場中央的一位大叔望去。

那個人是怎樣啊……？

滿臉鬍鬚的中年男子踩著蹣跚的步履，慢吞吞地走近這裡。

手上還拿著一罐單杯日本酒（註：並非瓶裝，而是將清酒用易開鋁蓋封裝在小玻璃罐中，容量大約只有一個馬克杯大）……這個跟酒鬼一樣的男人真的是名門高中的教練嗎？

「嘿～小妞妳就是經理嗎？」

「是……是的。」

「好可愛唷～真想讓妳當我家女兒啊。」

酒氣好重。這個缺德老頭是怎樣啦？

他噁心到讓我卻步。然而聽說他指導過世界最優秀的選手，似乎是個偉大的教練，還被譽為高中足球界的權威。

攝影機從我後方靠近。在製作人的號令下，我開始了採訪。

進入工作模式的我看向攝影鏡頭說：

「大家好～！我是高中足球錦標賽的官方經理綺羅星絢音！這次我要來採訪有望出賽錦標賽的候補隊伍——過去勇奪五屆冠軍的富山足球名門，私立星神學園高中！」

我全力展露笑容，那個叫做岸原的大叔卻挖苦道：「還真假惺惺啊。」接著搔了搔那沒什麼頭髮的頭皮，席地而坐說道：

「妳也坐吧。這座球場是我每天親自整理的，乾淨得很。」

「我、我沒有要坐下就是了……球場是教練親自整備的嗎？」

「是啊。今年開始要削減經費嘛，球場保養也得自己來嘍。欸～小妞，妳要是有賺錢，能不能捐一點過來啊？」

「呃，我會考慮的……比起這點，可以請您告訴我，今年星神學園備受矚目的選手是哪位嗎？」

聽到我這麼問，岸原教練默默起身，呼出一口白煙說：

「值得注意的選手是星神的9號，一年級的槙島祐太郎。」

「槙島同學……嗎？」

「妳不認識他對吧？那傢伙在全國默默無聞。身高大概175公分，不高也不矮。停球技術有夠糟，背身站位也漏洞百出。」

「那、那個～？我想請問的是備受矚目的選手……」

「但是啊……那傢伙的得分能力可不是高中生等級的。單論球門前的射門精準度，他算是超高中級。」

「哦～」

教練突然用了讓人一頭霧水的說法，總覺得有點反感。

「總之是位很厲害的選手對不對！」

「正是！而且長得很好看！我們因為是男校，沒有女孩子的加油聲。不過要是那傢伙進入了全國錦標賽，一定會跟荒木的阿大一樣大受歡迎吧～」

荒、荒木？……誰呀？

「我把今年的星神學園打造成以槙島祐太郎為中樞的球隊。也就是說是輸是贏，全都看槙島的表現。懂了沒？小妞？」

「懂、懂了！」

槙島祐太郎……原來有這麼厲害的一年級生啊。

「啊，妳看，說人人到……要來嘍。」

攝影機面對的方向，有個男高中生踢著球進入球場。

戴著圍脖的男生開始盤帶起球，轉眼間便朝向眼前的球門奮力踢出。

球的軌跡彷彿殘留在視野中，強而有力的射門使球飛入球門內，打在右側的門網上。

「好……好厲害。」

從他纖瘦的身材看來，實在難以想像會有如此威力。

是個足以讓人在腦海中反覆回憶起他的身姿……令人印象深刻的情景。

此時天空細雪紛飛，射門後的他拉下圍脖，「哈～」地呵出了白煙。

他站立時的體態顯得纖長，卻能踢出如此有魄力，出人意表的射門。
那射門的動作形成殘影，烙印在我的眼底，令人難以忘懷。
好厲害，好帥……
「喂～小妞啊，下雪了，他們說要去校舍採訪哦。」
「…………」
我無法言傳地為他心醉。
從那時以來，我便時常搜尋槙島祐太郎的消息，以為只要持續這份工作，能夠跟他說上話的日子很快就會到來……然而星神學園在錦標賽的預賽中敗北，我的願望沒能實現。

不過現在——

「佐佐木抱歉！我今天也睡過頭，不小心忘記把講義印出來了……」
「真是的，拿你沒辦法耶～」
在以前被教授訓斥過的早上第一節課上，槙島又一次忘記講義。
因為我有平板能用，於是把姑且印出來的講義交到他手上。
「這個給你看……相對地，你要請我吃鬆餅唷。」

「呃、咦～……」

「不要的話就算了。但可能會被教授罵也不一定哦。」

「知、知道了啦！我請就是了。」

「嘻嘻嘻，好耶～」

槙島是個有點散漫的人，然而一旦碰上足球相關的事物就會一頭熱。

雖然現在還在B組，不過他其實是個很厲害的選手——自那時開始，我便如此深信不疑。

# 後記

初次見面，我是想成為國寶級美少女的輕小說作家——星野星野。

我常被問道：這個筆名寫作「星野星野」，但到底要怎麼唸？讀音是「HOSHINO SEIYA」（不是「HOSHINO HOSHINO」，而是「HOSHINO SEIYA」）。

……有意見的話，請對高中一年級時的我說吧。

因為是個初出茅廬的新人，請容我自我介紹。

本人星野星野自二〇一六年開始寫網路小說，於二〇二三年商業出道。

在學期間要是無法出道就封筆——以前我曾如此對父母宣示過。結果在學生生活的最後一年竟然出了書，才終於有了今天。

順帶一提，本作也是在那最後一年創作的，自二〇二二年十月在カクヨム上開始連載。

儘管身為沒什麼知名度的無名作家，但我從不妄自菲薄，每天更新。於是乎，PAS

H！文庫竟然在去年年末對我提出邀約，這次才能順利出書。

責任編輯大人也對這部作品連連說了好幾次：「有趣，真有趣。」每當他這麼說，總會大大激發我——這個容易得意忘形的作家——的動力（笑）。

我平常就會出沒在網路小說網站上，而且只寫愛情喜劇。但是這部作品，我想要加入一點變化，所以寫得有些不同於以往。

首先，故事舞台定為大學，並且加入了我最喜歡的「足球」，以及我不怎麼喜歡的「聯誼」要素。

光看字面上的意思，可能會演變成很混沌的作品，但它還是像這樣變成一部著作，而且還有很多讀者願意閱讀，身為作者，我真的很高興。

佐佐木絢音、藍原柚子，以及充滿謎團的水城月乃。

被這些充滿魅力的女主角們，以及阿崎這個煩人的摯友所給包圍，主角槙島祐太郎今後究竟會如何成長，也是這部作品的一大主題。

為了能夠創作後續故事，往後我也會努力執筆，請各位多多為我加油。

那麼最後再讓我說一段話。首先，我要感謝各位讀者們願意將本書拿在手中。

以及感謝責任編輯大人、PASH！文庫編輯部的各位、業務和出版的相關人員，謝謝你們為這部作品書籍化盡心盡力。
還有感謝插畫家たん旦老師，畫下了國寶級般可愛的佐佐木她們的插圖。
真的、真的非常感謝各位。
我強烈期望下一集還能與各位再會。
誠心感謝各位讀者閱讀本書到最後。

星野星野

## 身為VTuber的我因為忘記關台而成了傳說 1~7 待續

Kadokawa Fantastic Novels

作者：七斗七　插畫：塩かずのこ

**衝擊的VTuber喜劇，**
**五期生終於登台的第七集！**

順利參與星乃瑪娜的畢業直播後，淡雪迎接五期生出道！她們分別是「喜歡潔淨之物的Live-ON黑粉學生會長」、「應徵時只在履歷上寫了『短刀』作為名字的超級中二病小丫頭」、「負責科目為『愛』的外星人老師」，一開始就是熟悉的Live-ON風味——

各 **NT$200~220/HK$67~73**

# 坐我隔壁的前偶像，要是沒我的企畫就無法過日常生活 1~2 待續

Kadokawa Fantastic Novels

作者：飴月　插畫：美和野らぐ

**「欸，今後你也要教我很多東西唷。**
**——並非身為偶像的我，而是往後的香澄美瑠。」**

意識到對蓮的心意，有生以來第一次的戀情讓美瑠不知所措。為幫助美瑠找到全新的自己，這個暑假蓮打算與她一同度過，增加平凡卻無可取代的回憶……兩人的關係正悄悄地逐漸改變。另一方面，蓮的同學兼好友——琴乃，則因為蓮的變化而動搖——？

各 **NT$240~260/HK$80~87**

## 在地鐵拯救美少女後默默離去的我，成了舉國知名的英雄。1~2 待續

Kadokawa Fantastic Novels

作者：水戸前カルヤ　插畫：ひげ猫

### 濫好人英雄的學園戀愛喜劇，愛情發展也很火熱的運動會篇揭開序幕！

雛海不知道自己的救命恩人正是涼，就這樣與他慢慢地加深感情。而時值眾人正在準備與他校聯合舉辦的運動會，名叫草柳的男人突然現身表示：「那天的英雄就是我。」得知草柳以恩人之姿積極接近雛海的卑劣目的後，涼為了保護她而在背地裡展開行動……

各 **NT$260/HK$87**

國家圖書館出版品預行編目資料

聯誼去湊人數的我,把不知為何沒人追的前人氣偶像國寶級美少女帶回家了。/星野星野作 ; 陳柏安譯. -- 初版. -- 臺北市 : 臺灣角川股份有限公司, 2024.06-

冊； 公分

譯自：人数合わせで合コンに参加した俺は、なぜか余り物になってた元人気アイドルで国宝級の美少女をお持ち帰りしました。

ISBN 978-626-400-093-2(第1冊：平裝)

861.57　　113005080

Kadokawa
Fantastic
Novels

# 聯誼去湊人數的我，把不知為何沒人追的前人氣偶像國寶級美少女帶回家了。1

（原著名：人数合わせで合コンに参加した俺は、なぜか余り物になってた元人気アイドルで国宝級の美少女をお持ち帰りしました。）

2024年6月11日　初版第1刷發行

作　者：星野星野
插　畫：たん旦
譯　者：陳柏安

發 行 人：台灣角川股份有限公司
總　　監：呂慧君
總 編 輯：蔡佩芬
主　　編：林秀儒
編　　輯：邱瓈萱
設計指導：陳晞叡
美術設計：莊捷寧
印　　務：李明修（主任）、張加恩（主任）、張凱棋、潘尚琪

發 行 所：台灣角川股份有限公司
地　　址：104台北市中山區松江路223號3樓
電　　話：（02）2515-3000
傳　　真：（02）2515-0033
網　　址：www.kadokawa.com.tw
劃撥帳戶：台灣角川股份有限公司
劃撥帳號：19487412
法律顧問：有澤法律事務所
製　　版：巨茂科技印刷有限公司
ISBN：978-626-400-093-2